长大后才读懂的古诗词

（一）

李欣／著

● 配套音频
● 诗海泛舟
● 诗意浓情
● 墨香四溢
● 文化瑰宝

扫码获取

广西人民出版社

图书在版编目（CIP）数据

长大后才读懂的古诗词．一 / 李欣著．-- 南宁：广西人民出版社，2024．9．-- ISBN 978-7-219-11778-1

Ⅰ．I207．2

中国国家版本馆 CIP 数据核字第 2024J8S435 号

ZHANGDA HOU CAI DUDONG DE GUSHICI（YI）

长大后才读懂的古诗词（一）

李欣　著

策　　划　赵彦红　　　责任校对　梁小琪
执行策划　李亚伟　　　装帧设计　王程媛
责任编辑　廖　献

出版发行　广西人民出版社
社　　址　广西南宁市桂春路 6 号
邮　　编　530021
印　　刷　广西民族印刷包装集团有限公司
开　　本　889 mm × 1194 mm　1 / 32
印　　张　5
字　　数　80 千字
版　　次　2024 年 9 月　第 1 版
印　　次　2024 年 9 月　第 1 次印刷
书　　号　ISBN 978-7-219-11778-1
定　　价　39．00 元

目录

壹 治愈心灵

贰 送别友人

叁 写尽相思

肆 壮志未酬

伍

绝美意境

陆 一往情深

柒 忧国忧民

捌 落魄失意

壹

治愈心灵

「诗豪」与「诗魔」流传千古的唱和，千百年来安慰了无数人

酬乐天扬州初逢席上见赠

唐·刘禹锡

巴山楚水凄凉地，二十三年弃置身。
怀旧空吟闻笛赋，到乡翻似烂柯人。
沉舟侧畔千帆过，病树前头万木春。
今日听君歌一曲，暂凭杯酒长精神。

译文

被贬谪到巴山楚水这些荒凉的地区，度过了二十三年沦落的光阴。

怀念故去旧友徒然吟诵闻笛小赋，久谪归来感到已非旧时光景。

翻覆的船只旁仍有千千万万的帆船经过，枯萎树木的前面也有万千林木欣欣向荣。

今天听了你为我吟诵的诗篇，暂且借这一杯美酒振奋精神。

宝历二年（826年），刘禹锡罢和州刺史返回洛阳，同时白居易也从苏州返回洛阳，两人在扬州初逢时，白居易在宴席上作诗赠予刘禹锡，刘禹锡写此诗作答。

刘禹锡从小爱下围棋，与专教太子下棋的棋待诏王叔文很要好。太子当上皇帝后，王叔文组阁执政，就提拔棋友刘禹锡当监察御史。后来，王叔文集团政治改革失败后，刘禹锡被贬到外地做官，宝历二年（826年）应召回京。刘禹锡途经扬州，与同样被贬的白居易相遇。白居易在宴席上写了一首诗《醉赠刘二十八使君》相赠："为我引杯添酒饮，与君把箸击盘歌。诗称国手徒为尔，命压人头不奈何。举眼风光长寂寞，满朝官职独蹉跎。亦知合被才名折，二十三年折太多。"在诗中，白居易对刘禹锡被贬谪的遭遇，表示了同情和不平。于是，刘禹锡写了这首《酬乐天扬州初逢席上见赠》回赠白居易。

终南别业

唐·王维

中岁颇好道，晚家南山陲。
兴来每独往，胜事空自知。
行到水穷处，坐看云起时。
偶然值林叟，谈笑无还期。

他是唐朝最佛系的诗人，一首诗温暖治愈了世人千年

译文

中年以后存有较浓的好道之心，直到晚年才安家于终南山边陲。

兴趣浓时常常独来独往去游玩，有快乐的事自我欣赏自我陶醉。

间或走到水的尽头去寻求源流，间或坐看上升的云雾千变万化。

偶然在林间遇见个把乡村父老，偶与他谈笑聊天每每忘了回家。

上元元年（760 年），王维升任尚书右丞。这是他一生中担任过最高的官职。此时的王维过着半官半隐的生活。

王维远离世俗，虔诚礼佛，他的妻子早已离世，曾经举荐过他的恩师张九龄也已经故去，好友孟浩然和王昌龄也已离去，他厌恶的李林甫和杨国忠也已不在世，连那个讨厌的李白都不知去向，而山水依旧，这是一种怎样的寂寞和孤独啊？

曾经的王维或许有许多放不下的东西，有仕途，有家庭，有理想。而此时，在云水之间参禅悟理的他或许已经超脱尘世的烦扰，内心无比宁静平和。放下，方得自在。他在写下这首极富禅机的诗篇后，不久便辞去官职，归于山水田园。

上元二年（761 年），王维病逝于陕西蓝田辋川。

自遣

唐·罗隐

得即高歌失即休，多愁多恨亦悠悠。
今朝有酒今朝醉，明日愁来明日愁。

这首排遣诗，豁达洒脱，安慰了无数失意人

译文

得到的时候就放声高歌，没有就由他去吧，愁恨全然不理照样乐悠悠。

今天有酒就痛快畅饮喝他个酩酊大醉，明日的忧虑就等明天再烦愁。

罗隐，字昭谏，杭州新城（今浙江杭州市富阳区西南）人。原名罗横，因十举进士而不第，对仕途逐渐灰心，而改名罗隐。

《自遣》是罗隐创作的一首七言绝句，由于他生活在政治极端腐败的晚唐社会，加上亲身经历了黑暗的“十上不第”，因此常常以锐利的笔锋揭露现实的丑恶，批判政治的腐败，以及抒发愤懑不平。《自遣》便是其中有名的一首。

金缕衣

唐·杜秋娘

劝君莫惜金缕衣，劝君惜取少年时。
花开堪折直须折，莫待无花空折枝。

译文

我劝你不要顾惜华贵的金缕衣，我劝你一定要珍惜青春少年时光。

花开宜折的时候就要抓紧去折，不要等到花谢时只折了个空枝。

大起大落的她，一生有着怎样的传奇经历

杜秋娘，原名杜秋，出身卑微。她应该是在很小的时候就被卖到青楼当歌女，有江南女子的聪慧与才情。十五岁那年，她被润州刺史李琦买走，成为他的侍妾。这首诗，就创作于李琦的府上。李琦特别喜爱这首诗，杜秋娘经常在宴会上演唱，所以才有了杜秋娘是《金缕衣》的作者。

但在元和二年（807 年），李琦集结了一群乌合之众，公然反叛。唐宪宗只用了一个月的时间，就平定了叛乱。李琦兵败被杀，杜秋娘也因此受到了牵连，被纳入了宫中，幸运的是她受到了唐宪宗的喜爱，度过了一段幸福的时光。等到唐穆宗继位的时候，杜秋娘就成了唐穆宗儿子漳王李凑的傅姆，可是漳王后来也因罪被废了。此时，杜秋娘再次受到了牵连，被削籍为民，只好回到家乡金陵（今江苏南京）。

大约大和七年（833 年），杜牧经过润州时，见到了穷困潦倒的杜秋娘。杜牧年幼时，随祖父杜佑进宫和唐宪宗商量事情时，见过杜秋娘，那个时候的秋娘雍容华贵正是最美丽的时候，可此时的秋娘却成为一个普通的老妪。杜牧感慨她的悲惨身世便写下了著名的《杜秋娘诗》，在序言中，杜牧写道“予过金陵，感其穷且老，为之赋诗”。

回乡偶书二首

唐·贺知章

少小离家老大回，乡音无改鬓毛衰。
儿童相见不相识，笑问客从何处来。

离别家乡岁月多，近来人事半消磨。
惟有门前镜湖水，春风不改旧时波。

译文

我在年少时离开家乡，到了迟暮之年才回来。我的乡音虽未改变，但鬓角的毛发却已经疏落。

儿童们看见我，没有一个认识的。他们笑着询问：客人是从哪里来的呀？

我离别家乡的时间实在是太久了，回家后才感觉到家乡的人事变迁实在是太大了。

只有门前那镜湖的碧水，在春风吹拂下泛起一圈一圈的波纹，还和五十多年前一模一样。

他是唐朝最幸福的诗人，一生潇洒，有个最得意的学生叫李亨（唐肃宗）

贺知章生活在唐朝盛世，赶上了最好的时代，三十七岁中状元，为官近五十年，一直身居高位。他最骄傲的学生是李亨，后来成了唐肃宗。

贺知章入官场多年，游刃有余。然而，官场毕竟是个是非之地。以贺知章为首的“文人派”与以李林甫为头目的“当权派”，两大派系争战愈演愈烈，步步都可能是陷阱。这时，贺知章也许是真的累了，加上年事已高，于是萌生了退隐之意。

天宝三年（744年），贺知章向唐玄宗递上一份奏折，请求辞官回乡。他回乡前，太子为他饯行、文武百官相送，场面十分壮观。

这天是美好的一天，会稽山一片宁静，一位老人手里牵着马，眼里含着泪水，慢慢地走着。他一边走，一边看着周围的环境，感觉既熟悉又陌生，直到他停在“大唐状元贺知章故里”的纪念碑前，心里感慨万千，写下流传千古的名篇。

冬夜读书示子聿

宋·陆游

古人学问无遗力，少壮工夫老始成。

纸上得来终觉浅，绝知此事要躬行。

译文

古人学习知识是不遗余力的，终身为之奋斗，往往是年轻时开始努力，到了老年才取得成功。

从书本上得到的知识终归是浅薄的，未能理解知识的真谛，要真正理解书中的深刻道理，必须亲身去实践，方能学有所成。

陆游晚年所写的教子诗，寄托了对子女的殷切期望，启示了后人陆游一生所写诗近万首，还写了大量词、散文，其中诗的成就最高。他的诗，前期多为爱国诗，主张统一国家，慷慨激昂，雄浑豪放；后期多为田园诗，清新雅丽，平淡自然，有“小太白”之称。他中年入蜀，投身军旅生活，官至宝谟阁待制；晚年退居家乡，但收复中原的信念始终不渝。

陆游在冬日寒冷的夜晚，沉醉于书房，乐此不疲地啃读诗书。窗外，北风呼啸，冷气逼人，陆游在静寂的夜里，抑制不住心头奔腾踊跃的情感，写下了这首哲理诗并满怀深情地送给了儿子子聿。此时的陆子聿二十一岁，正值“少壮”。

定风波·南海归赠王定国侍人寓娘

宋·苏轼

常羡人间琢玉郎，天应乞与点酥娘。
自作清歌传皓齿，风起，雪飞炎海变清凉。
万里归来颜愈少。微笑，笑时犹带岭梅香。
试问岭南应不好，却道：此心安处是吾乡。

苏轼为赞美歌女，即兴创作这首词，结尾一句成为无数人心灵的寄托

译文

常常羡慕这世间如玉雕琢般丰神俊朗的男子，就连上天也怜惜他，赠予他柔美聪慧的佳人与之相伴。

人人称道那女子歌声轻妙，笑容柔美，风起时，那歌声如雪片飞过炎热的夏日使世界变得清凉。

你从遥远的地方归来却看起来更加年轻了。你的笑容依旧，笑颜里好像还带着岭南梅花的清香。

我问你："岭南的风土应该不是很好吧？"你却坦然地答道："心安定的地方，便是我的故乡。"

苏轼因卷入“乌台诗案”险遭杀身之祸。他的好友王巩因受牵连被贬到地处岭南的宾州（今广西宾阳）。

王巩有一歌女，姓宇文，名柔奴。她眉目娟丽，颇善应对，其家世居京师。王巩被贬岭南时，宇文柔奴毅然随行。

元丰六年（1083年），宇文柔奴随王巩南迁归来，有一次宇文柔奴为苏轼劝酒。

苏轼问：“岭南的风土应该不是很好吧？”

宇文柔奴坦然地答道：“心安定的地方，便是我的故乡。”

苏轼听后，大受感动，一扫政治逆境带来的心头阴云，特地为她填了一阕《定风波》词。

定风波·莫听穿林打叶声

宋·苏轼

莫听穿林打叶声，何妨吟啸且徐行。
竹杖芒鞋轻胜马，谁怕？一蓑烟雨任平生。
料峭春风吹酒醒，微冷，山头斜照却相迎。
回首向来萧瑟处，归去，也无风雨也无晴。

译文

不必去理会那穿林打叶的雨声，不妨一边吟咏着、长啸着，一边悠然地行走。竹杖和草鞋轻捷得更胜过马，怕什么！一身蓑衣，足够在风雨中过上一生。

略带寒意的春风将我的酒意吹醒，寒意初上，山头初晴的斜阳却殷殷相迎。

回头望一眼走过来遇到风雨的地方，我信步归去，既无所谓风雨，也无所谓天晴。

苏轼的这首词治愈了我，让我明白了在逆境中要做自己心态的主人

苏轼因“乌台诗案”被捕入狱，在众人的营救下得以从轻发落，被贬为黄州团练副使（虚衔）。

经此一役，苏轼变得心灰意冷，对仕途没有了念头，只想在黄州做个老农。苏轼家二十余口人，光靠东城那块地不足以解决温饱问题，于是苏轼打算再买块地。

元丰五年（1082 年）三月七日，苏轼到距黄州三十里的沙湖去看田。在回来的路上忽然下起了雨，他们一行人本来是带了雨具的，但是拿着雨具的仆人先离开了。没有雨具就只能淋雨，同行的人都觉得被雨淋得很狼狈，只有苏轼泰然处之，缓步而行。就是在这种情况下，苏轼写下了这首《定风波·莫听穿林打叶声》。

贰

送别友人

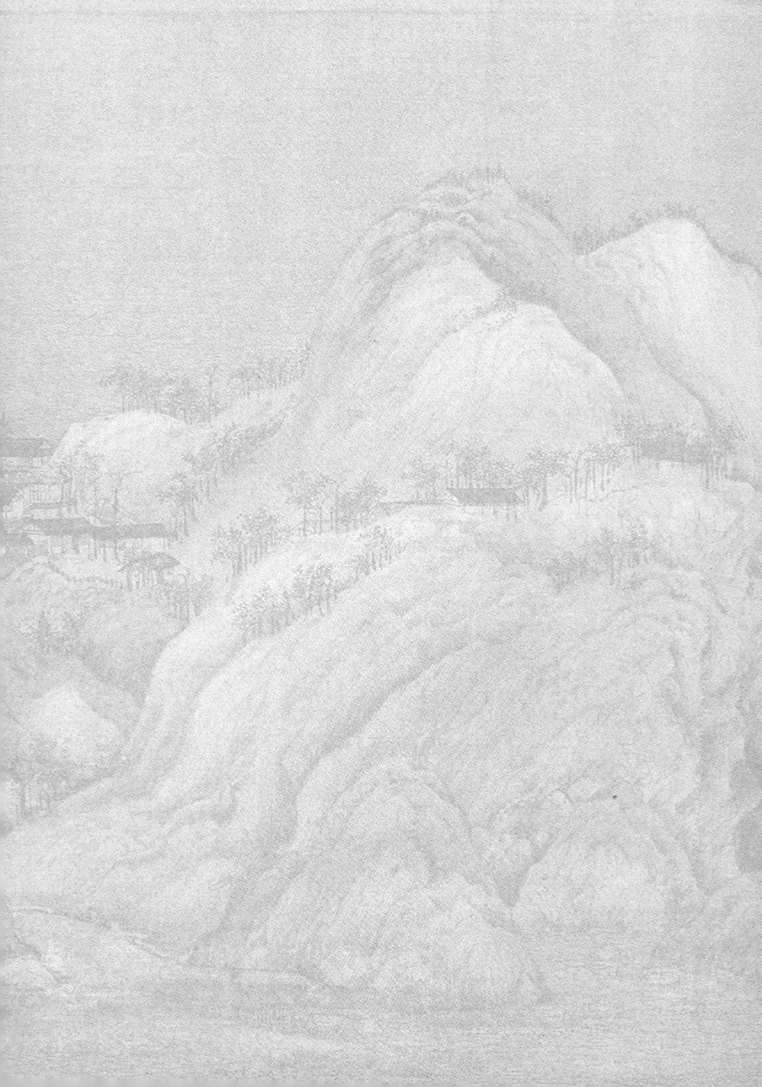

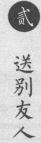

赠汪伦

唐・李白

李白乘舟将欲行，忽闻岸上踏歌声。
桃花潭水深千尺，不及汪伦送我情。

汪伦一个县令，却靠『打赏』李白留名千古，他到底有多大手笔？

译文

我乘上小船刚要解缆出发，忽听岸上传来悠扬踏歌之声。

看那桃花潭水纵然深有千尺，怎能及汪伦送我之情。

汪伦乃泾县的县令。虽说他的官职不大，可他却有一个非常显赫的家族。先祖汪华曾是唐高祖年间的越国公，这是公爵中的第一等职位。此外，汪华还被唐太宗提拔为忠武大将军，命其辅佐朝政。

唐天宝年间，李白来到安徽宣城。泾县县令汪伦很崇拜李白，想请李白来泾县玩，于是他给李白写了封信，但因两人没接触过，他心里没有底。于是，汪伦将信巧妙地设计：“先生好游乎？此地有十里桃花；先生好饮乎，此地有万家酒店……”李白很开心，很快就来找王伦喝酒赏桃花了，结果却大失所望。汪伦笑着说：“先生对不起，我们这没十里桃花，只有一条十里长的桃花潭；也没有万家酒店，只有一家姓万开的酒店。”汪伦的坦率让李白大笑，李白本着既来之则安之的心态待了几天。

汪伦设宴款待李白，他每天都带着李白逛桃花潭、喝酒聊天，临行前，还送了李白名马八匹、官锦十端。因汪伦的大手笔投入和多日的相处，两人也成了好朋友。汪伦还花费重金，请了一群舞者专门为李白跳了一段踏歌送行，可见汪伦对李白的重视。李白感动之下，写下了这首诗。

相思

唐·王维

红豆生南国，春来发几枝。
愿君多采撷，此物最相思。

这首诗其实是写给一位男性朋友的，背后隐藏着一段隐秘、悲凉的唐朝往事

译文

鲜红浑圆的红豆生长在阳光明媚的南方，春暖花开的季节不知又生出多少？

希望思念的人儿多多采集，小小红豆引人相思。

天宝初年的一天，李白收到传诏，唐玄宗让他速速入宫。原来是唐玄宗携杨贵妃在沉香亭赏花，让李白写几首新乐章助兴。李白不负圣望，挥笔写下流传千古的名句：云想衣裳花想容，春风拂槛露华浓。

乐章已写好，歌者是当时顶级的乐师李龟年，他被尊为“乐圣”。王维和李龟年志趣相投，是交往甚密的好友。他们原以为会在盛世中安享太平，做一辈子的知音。但安史之乱打乱了这一切，王维和李龟年自此分隔两地，饱经颠沛流离。

大历五年（770年）的春天，垂垂老矣的“诗圣”杜甫在江南一带漂泊。有一天，他走在路上，突然听到一阵熟悉的歌声。杜甫寻着声音过去，看到一个衣衫褴褛、两鬓斑白的老人正在弹唱王维的《相思》。这个老人正是当初的宫廷第一乐师——李龟年。

而这个时候王维已经去世整整九年了。《相思》还在，那个人却早已离开；战乱虽已结束，那个盛世却再也回不来了。杜甫和李龟年分别之后，李龟年流落到湖南湘潭，在一场宴会中再一次忘情地唱起王维的《相思》，却突然晕倒在地，不久后便郁郁而终。而在同一年的冬天，杜甫也在潭州前往岳阳的船上溘然长逝。

江南逢李龟年

唐·杜甫

岐王宅里寻常见，崔九堂前几度闻。
正是江南好风景，落花时节又逢君。

一场凄美的重逢，杜甫用短短二十八个字道尽了大唐的盛世与沧桑

译文

当年在岐王宅里常常见到你的演出，在崔九堂前也曾多次欣赏你的艺术。

没有想到在这风景一派大好的江南，正是落花时节能巧遇你这位老相熟。

杜甫少年时期，便以其卓越的才华崭露头角，因为频繁出入精通音律的岐王李隆范和中书监崔涤的府邸，所以得以经常听到唐朝音乐家李龟年的歌唱。但安史之乱后，杜甫漂泊到江南一带。

大历四年（769年），杜甫离开岳阳到潭州（今湖南长沙）。第二年春天，也是杜甫在人间的最后一个春天，意外地和流落江南并靠卖唱来维持生计的李龟年重逢。这时，遭受了安史之乱的唐王朝已从繁荣昌盛的顶峰跌落下来，陷入重重矛盾之中。

杜甫回忆起当年在岐王和崔涤的府邸听歌的情景，脑海里重现了昔日文艺名流齐聚的一幕幕。但是对于共同经历盛唐的两个人来说，回忆再美好，终究也是回不去了。繁华消歇，暮年重逢，诉不尽的离合悲欢，感慨万千中，杜甫赋诗一首《江南逢李龟年》。

很多人的一句再见，就是再也不见

送元二使安西

唐·王维

渭城朝雨浥轻尘，客舍青青柳色新。
劝君更尽一杯酒，西出阳关无故人。

译文

清晨的微雨湿润了渭城地面的灰尘，青堂瓦舍周围柳树的枝叶翠嫩一新。

真诚地奉劝我的朋友再干一杯美酒，向西出了阳关就难以遇到故旧亲人了。

开元二十三年（735年），王维经贤相张九龄推荐再度入朝，出任右拾遗。可惜不久之后，张九龄罢相，口蜜腹剑的奸相李林甫独揽大权。王维因是张九龄提拔的得力助手，也受到李林甫的排挤，被派往边塞凉州（今甘肃武威）。

自从张九龄离开朝廷，王维为官的热情就受到严重的打击，他再也看不到清明的政治环境，便过起了半官半隐的生活，“晚年惟好静，万事不关心”。

这首诗大约写于开元二十三年（735年）到安史之乱爆发之前的这段时间。在这段时间里，王维曾在长安为官，出使过边塞，还南下选拔过官员。

从王维这个时期的经历来看，他大多数时候对朝廷是比较消极的。好友元二（古人常以家中排行来称呼对方，元二指元姓朋友在家中排行第二）奉旨出京，即将远赴遥远的塞外边关，王维心中充满不舍，于是写下这首充满真挚情感的送别诗。

芙蓉楼送辛渐

唐·王昌龄

寒雨连江夜入吴，平明送客楚山孤。
洛阳亲友如相问，一片冰心在玉壶。

一首温柔的送别诗，治愈无数人，经典传诵千年

译文

冷雨连夜洒遍吴地江天，雨水与江面连成一片，清晨送走你之后，独自面对这楚山离愁无限！

到了洛阳，如果亲友问起我来，就请转告他们，我的心依然像那玉壶里的冰那样晶莹纯洁。

王昌龄，字少伯，京兆长安（今陕西西安）人，盛唐著名边塞诗人，早年贫贱，困于农耕，年近不惑，始中进士。他性格豪放，不拘小节，时常开罪于人，多次遭贬谪。他与李白、高适、王维、王之涣、岑参等交情深厚。被誉为“七绝圣手”“诗家夫子”的王昌龄，留给人们印象最深刻的标签，或许就是“边塞诗人”。

无论是“但使龙城飞将在，不教胡马度阴山”的悲怆，还是“黄沙百战穿金甲，不破楼兰终不还”的豪壮，抑或是“黄尘足今古，白骨乱蓬蒿”的惨烈，都为后世之人记录了大唐边关的壮阔景象，即使千百年后再读，依然震人心魄。

这首诗是王昌龄为送别一个叫辛渐的好友而作的。

据史料介绍，当时王昌龄为江宁丞，他和辛渐是至交。这次辛渐拟由润州渡江，取道扬州，北上洛阳。王昌龄陪他从江宁到润州，然后在此分手。这首诗是二人在芙蓉楼离别时所写。

江城子·南来飞燕北归鸿

宋·秦观

南来飞燕北归鸿，偶相逢，惨愁容。
绿鬓朱颜重见两衰翁。
别后悠悠君莫问，无限事，不言中。
小槽春酒滴珠红，莫匆匆，满金钟。
饮散落花流水各西东。
后会不知何处是，烟浪远，暮云重。

晚年秦观再见苏轼，作词一首，一语成谶，句句心酸

译文

我们就像从南飞来的燕子与向北而归的鸿雁，偶尔相逢，带着凄惨悲愁的面容。

想当年都是黑发红颜，而此时再见却是两个衰朽的老翁。

分别后世事悠悠您就不用问了，无限的事情，都在不言中。

面前的珍珠美酒滴滴红，不用行色匆匆，尽管把酒斟满在金钟。

这一阵饮酒之后，我们又要像落花流水一样各奔东西。

以后的相聚不知道又会在什么时候什么地方，只见江面烟雾腾腾，暮云叠叠重重。

元符三年（1100年）四月，秦观被移诏衡州，苏轼也获准内迁。在苏轼的眼里，秦观是他最得意的学生，但他们都是由于不断受到政敌的打击，屡遭贬谪。

元符三年（1100年）六月，秦观和苏轼师生二人于仕途坎坷之际，相会于康海（今广东雷州）。此次相会，他们没有一丝相逢的喜悦之情，反而是愁容满面。他们或许已经预感到今生已无望再相逢，所以一味劝酒，共话别情。喝完酒，两人就各奔东西。

当年九月，秦观离开了人世，第二年苏轼也在北归途中逝世。此次相逢，秦观写下这首《江城子·南来飞燕北归鸿》以记之。

叁 写尽相思

遣悲怀三首·其二

唐·元稹

昔日戏言身后意，今朝都到眼前来。
衣裳已施行看尽，针线犹存未忍开。
尚想旧情怜婢仆，也曾因梦送钱财。
诚知此恨人人有，贫贱夫妻百事哀。

译文

往昔曾经戏言我们身后的安排，如今都按你所说的展现在眼前。

你遗留的衣裳已经快送完了，你的针线盒我珍存着不忍打开。

因怀念你我对婢仆也格外恋爱，多次梦到你我便为你焚纸烧钱。

谁不知夫妻永诀人人都会伤怀，但咱们共苦夫妻死别更觉哀痛。

仅凭半句『封神』的『贫贱夫妻百事哀』，你知道背后藏着什么样的故事吗？

这是元稹为怀念去世的原配妻子而作的诗。

元稹的原配妻子韦丛是太子少保韦夏卿最小的女儿，于宗贞元十八年（802年）和元稹结婚，当时她二十岁。他们的婚后生活比较贫困，但韦丛很贤惠，毫无怨言，夫妻感情很好。元和四年（809年），元稹任监察御史时，韦丛病死了，她年仅二十七岁。元稹悲痛万分，陆续写了不少情真意切的悼亡诗，其中最有名的就是《遣悲怀三首》，这是其中的一首。

锦瑟

唐·李商隐

锦瑟无端五十弦，一弦一柱思华年。
庄生晓梦迷蝴蝶，望帝春心托杜鹃。
沧海月明珠有泪，蓝田日暖玉生烟。
此情可待成追忆，只是当时已惘然。

译文

精美的瑟为什么有五十根弦，一弦一柱都叫我追忆青春年华。

庄周其实知道自己只是向往那自由自在的蝴蝶，望帝那美好的心灵和作为可以感动杜鹃。

大海里明月的影子像是眼泪化成的珍珠，只有在彼时彼地的蓝田才能生成犹如生烟似的良玉。

那些美好的事和年代只能留在回忆之中了，而在当时那些人看来那些事都只是平常罢了却并不知珍惜。

弥留之际，他思念妻子，写下千古名篇

李商隐，字义山，与杜牧合称“小李杜”，又与温庭筠合称“温李”，怀州河内（今河南沁阳）人，晚唐时期诗人。

李商隐幼年丧父，随母还乡过着清贫的生活。他天资聪颖，文思锐敏，十六岁时，因擅长古文而知名。二十出头考中进士，举鸿科大考遭人嫉妒，未中，从此怀才不遇。在牛李党争中左右为难，屡遭排斥，大志难伸。他中年丧妻，又因写诗抒怀，遭人贬斥，一生困顿不得志。

大中十二年（858年），李商隐的身体越来越差。于是，他辞掉了官职，跟京城的老朋友一一告别，带着儿子和女儿，回到了荥阳老家。那里有他和妻子王氏住过的老房子。

李商隐躺在床上，旁边桌上放着的那把瑟，是妻子的心爱之物。物是人非啊！忽然有一种莫名的情绪袭来，他硬爬起来，写了生命中最后一首诗。

写情

唐·李益

水纹珍簟思悠悠，千里佳期一夕休。
从此无心爱良夜，任他明月下西楼。

绝情诗人背负薄情骂名，却写下一首流传千古的情诗，后世争议千年

译文

躺在精美的竹席上思绪万千，久久不能平静，期待已久的一次与恋人的约会，在这个晚上告吹了。

从今以后再也无心欣赏那良辰美景了，管他明月下不下西楼。

那一年，李益十九岁，初遇十六岁的霍小玉，一见倾心，许下了未来。李益要回乡，临走时，对霍小玉盟誓说：“明春三月，迎娶佳人。”

霍小玉的母亲，是玄宗年间霍王的侍妾。霍王病逝后，霍小玉母女被无情地赶出了家门。她们流落街头无所依靠时，霍小玉为了生计投身青楼。她深知自己的身份，所以对李益说，公子只需陪伴她八年，八年后她赎身，便入空门，不问红尘。尽管如此，霍小玉的心愿还是没能实现。

两年后，李益高中榜眼，其母逼他娶他的表妹为妻，一对相濡以沫的恋人就这样被生生地拆散了。

一年后，霍小玉因思成疾，香消玉殒。李益闻讯后悲痛欲绝，提笔写下这首千古绝唱。最终，李益休了妻，孤独地过完一生。

离思五首·其四

唐·元稹

曾经沧海难为水，除却巫山不是云。
取次花丛懒回顾，半缘修道半缘君。

译文

曾经到过沧海，别处的水就不足为顾；若除了巫山，别处的云便不称其为云。

仓促地由花丛中走过，懒得回头顾盼；这缘由，一半是因为修道人的清心寡欲，一半是因为曾经拥有过的你。

这首悼亡诗凄美动人，开篇两句成为经典，读来让人动容元稹的家世原本颇为显赫，是北魏皇室的直系后裔。然而，他在年幼时便面临家庭的巨大变故，父亲早逝，家道中落，在母亲的坚持下勉力求学。

贞元十八年（802年），元稹科举落第。任太子少保的韦夏卿很欣赏元稹的才华，便将自己的女儿韦丛嫁给了他。这本是场政治婚姻，然而两人婚后的感情极好。

韦丛自大富之家嫁到清贫之家，自始至终都无怨无悔，尽力关心和体贴丈夫，对于俭朴的生活淡然处之。婚后，元稹一直忙于科举考试，韦丛一人操持所有的家务。

可能因为多年的清贫与操劳，这个温柔体贴的女子在年仅二十七岁时就离开了人世。虽然元稹在后来的岁月中又经历了风风雨雨，但他总会想起与他共度清贫岁月的结发妻子韦丛。他对她的离去一直有着无法释怀的悲伤，这种情绪在他的《离思五首·其四》中，到达极致。

苏轼梦见亡妻，写下传颂千古的名篇，令人无不为之动情而感叹哀婉

江城子·乙卯正月二十日夜记梦

宋·苏轼

十年生死两茫茫，不思量，自难忘。
千里孤坟，无处话凄凉。
纵使相逢应不识，尘满面，鬓如霜。
夜来幽梦忽还乡，小轩窗，正梳妆。
相顾无言，惟有泪千行。
料得年年肠断处，明月夜，短松冈。

译文

你我夫妻诀别已经整整十年，强忍不去思念，可终究难以忘怀。

千里之外那座遥远的孤坟啊，没有地方跟她诉说心中的凄凉悲伤。

纵然夫妻相逢你也认不出我，我已经是尘满面，两鬓如霜。

昨夜我在梦中又回到了家乡，看见你在小屋窗口，正在打扮梳妆。

你我二人默默相对惨然不语，只有相对无言泪落千行。

料想得到我当年想她的地方，就在明月的夜晚，矮松的山冈。

苏轼，北宋文学家，字子瞻，号东坡居士，眉州眉山（今属四川）人，嘉祐进士。他曾上书力言王安石变法之弊，后因作诗讽刺变法而下御史狱，贬谪黄州。宋哲宗时他任翰林学士，曾出知杭州、颍州，官至礼部尚书。后来，他又被贬谪惠州、儋州。卒谥“文忠”。苏轼学识渊博，其文汪洋恣肆，为“唐宋八大家”之一。

苏轼十九岁时，与十六岁的王弗结婚。王弗年轻美貌，且侍亲甚孝，二人恩爱情深。可惜天命无常，王弗二十七岁就去世了。这对苏轼来说是巨大的打击，他心中的沉痛是不言而喻的。

这首词写于熙宁八年（1075 年），此时的苏轼正在密州（今山东诸城）担任知州。这一年的正月二十，他梦见了自己的爱妻王弗，距离妻子去世已有十年时光。这十年里，他因反对王安石变法，屡次遭到朝廷新贵的排挤，被贬至密州。

苏轼在外奔波，饱受风霜，心中的愁绪难以言表。他的愁绪既来自官场的尔虞我诈，也来自壮志难酬的无奈，更来自身边缺少知心的人。于是，他写下了令人肝肠寸断的《江城子·乙卯正月二十日夜记梦》来悼念妻子。

摸鱼儿·雁丘词

金·元好问

问世间，情是何物，直教生死相许？
天南地北双飞客，老翅几回寒暑。
欢乐趣，离别苦，就中更有痴儿女。
君应有语：渺万里层云，千山暮雪，只影向谁去？

横汾路，寂寞当年箫鼓，荒烟依旧平楚。
招魂楚些何嗟及，山鬼暗啼风雨。
天也妒，未信与，莺儿燕子俱黄土。
千秋万古，为留待骚人，狂歌痛饮，来访雁丘处。

见一只大雁殉情而亡，十六岁少年黯然神伤，提笔写下无人超越的名篇

译文

天啊！请问世间的各位，爱情究竟是什么，竟会令这两只飞雁以生死来相对待？

南飞北归遥远的路程都比翼双飞，任它多少的冬寒夏暑，依旧恩爱相依为命。

比翼双飞虽然快乐，但离别才真的是楚痛难受。到此刻，方知这痴情的双雁竟比人间痴情儿女更加痴情！

相依相伴、形影不离的情侣已逝，真情的雁儿心里应该知道，此去万里，形孤影单，前程渺渺路漫漫，每年寒暑，飞万里越千山，晨风暮雪，失去一生的至爱，形单影只，即使苟且活下去又有什么意义呢？

这汾水一带，当年本是汉武帝巡幸游乐的地方，每当武帝出巡，总是箫鼓喧天，棹歌四起，何等热闹，而今却是冷烟衰草，一派萧条冷落。

武帝已死，招魂也无济于事。女山神因之枉自悲啼，而死者却不会再归来了！

双雁生死相许的深情连上天也嫉妒，殉情的大雁决不会和莺儿燕子一般，死后化为一抔尘土。

将会留得生前身后名，与世长存。狂歌纵酒，寻访雁丘坟故地，来祭奠这一对爱侣的亡灵。

“问世间，情是何物，直教生死相许”是我们耳熟能详的诗句，它出自金代元好问的《摸鱼儿·雁丘词》，但是你知道这首诗背后还有一个凄美动人的故事吗？

元好问是秀容（今山西忻州）人，字裕之，号遗山，世称遗山先生，金代著名的诗人兼文学家。他一生的创作非常丰富，在诗、词、曲与小说领域皆取得了非凡的成就，影响元代文坛长达三十余年。

泰和五年（1205年），年仅十六岁的少年诗人元好问，在赴并州（今山西太原）应试途中，途经汾河并遇到一位捕雁的人，听这位捕雁人说，天空中一对比翼双飞的大雁，其中一只被捕杀后，另一只大雁从天上一头栽了下来，殉情而死。元好问被这种生死至情所震撼，为大雁惊天地泣鬼神的悲壮爱情深深触动。于是便买下这一对大雁，把它们埋葬在汾水旁，还建了一个小小的坟墓，取名“雁丘”，并写了一首《雁丘》。其后又将其加以修改，遂成这首名垂千古的《摸鱼儿·雁丘词》。

人生最美是初见：一首拟古决绝词，借典而发闺怨之情，写尽人间真性情

木兰花令·拟古决绝词·柬友

清·纳兰性德

人生若只如初见，何事秋风悲画扇。
等闲变却故人心，却道故人心易变。
骊山语罢清宵半，泪雨零铃终不怨。
何如薄幸锦衣郎，比翼连枝当日愿。

译文

人生如果都像初次相遇那般相处该多美好，那样就不会有现在的离别相思凄凉之苦了。

如今轻易地变了心，你却反而说情人间就是容易变心的。

想当初唐皇与贵妃的山盟海誓犹在耳边，却又最终作决绝之别，即使如此，也生不得怨。

但你又怎比得上当年的唐明皇呢，他还是与杨玉环有过比翼鸟、连理枝的誓愿。

纳兰性德是清朝前期三大著名词人之一，字容若，出生于1655年1月，病逝于1685年7月，仅活到三十一岁，是康熙权臣纳兰明珠的大儿子。

纳兰性德自幼饱读诗书，文武兼修，十七岁入国子监，被祭酒徐元文赏识；十八岁考中举人，次年成为贡士；康熙十五年（1676年），考中第二甲第七名，赐进士出身。他主持编纂了一部儒学汇编《通志堂经解》，深受康熙帝赏识，成为康熙御前一品带刀侍卫。在他孔武的外表下却藏着一怀悲天悯人之情，这一情绪通过一首首词，一直抓着读者的心。

决绝词是以男女分手为背景创作的词，以女子的口吻控诉男子的薄情，从而表态与之决绝。拟古决绝词是纳兰性德早期作品，意为模拟古决绝词的格式或内容所作。

肆

壮志未酬

上李邕

唐·李白

大鹏一日同风起，抟摇直上九万里。
假令风歇时下来，犹能簸却沧溟水。
世人见我恒殊调，闻余大言皆冷笑。
宣父犹能畏后生，丈夫未可轻年少。

生于盛唐的李白一生心高气傲，却始终没有实现自己的政治抱负，活成自己诗中的模样

译文

大鹏鸟总有一天会借着风力起飞，可以一直飞到九万里的高空。

就算有时风停，它不得不落下来，但庞大的身躯也足以将大海的水全部翻起。

这世上的人发现我常常说出一些与众不同的言论，但他们听了我的高谈阔论常常以冷笑待之。

孔夫子那样的圣人仍然能说出“后生可畏”的话，我劝那些做了高官的人也不要小瞧了我们这些年少之人。

这首诗是青年时代的李白写给渝州刺史李邕的告别诗。李邕在开元七年（719 年）至开元九年（721 年）前后，曾任渝州刺史。

当时的李白初出茅庐尚无名声，为了寻求名士的提携和推荐，他去拜谒李邕。李邕在当时非常出名，作为文坛和官场的前辈，他曾经向朝廷推荐了不少后起之秀。李白慕名前来，以为凭借自己的才华也能成为李府的座上宾。然而事与愿违，李白在席间高谈阔论，常出惊人之语，让李邕非常不悦。因此，李邕觉得这个年轻人的性格不适合官场，便没将李白列入推荐名单之中。这让李白非常不满，临别时写了这首态度颇不客气的《上李邕》，以示回敬。

逢雪宿芙蓉山主人

唐·刘长卿

日暮苍山远，天寒白屋贫。
柴门闻犬吠，风雪夜归人。

在人生最失意落寞的时刻，在凛冽寒风中写下号称苍凉之最的名篇

译文

暮色降临山色苍茫愈觉路途远，天寒冷茅草屋显得更贫困。

柴门外忽传来犬吠声，夜里有人冒着风雪回来了。

刘长卿是中唐诗人，字文房，其生平在《旧唐书》的传记中无记载，只在《新唐书·艺文志》中有点滴记述，他是安徽宣城人。

刘长卿在天宝年间中进士，但很快安史之乱爆发了，为了躲避战火，他到了江南，在江南先后担任长洲县尉、海盐县令。

刘长卿性格刚烈，为人正直。大历年间的一个秋天，他遭同僚诬陷贪赃，被贬为睦州司马。在踏上去往睦州的路上，严冬很快来临，寒风凛冽，雪花漫天飘零，傍晚时分刘长卿路过芙蓉山，借宿在山村人家。当晚，他内心孤独愁苦，无法入眠，起床写下了这首名篇。

登幽州台歌

唐 · 陈子昂

前不见古人，后不见来者。
念天地之悠悠，独怆然而涕下。

陈子昂在理想破灭时，孤寂郁闷的心情只能寄托在诗中

译文

见不到往昔招贤的英王，看不到后世求才的明君。

想到历史上的那些事无限邈远，我深感人生无奈，独自凭吊，眼泪纵横，凄恻悲愁！

陈子昂是一个具有政治见识和政治才能的文人。他直言敢谏，对武后朝的不少弊政常常提出批评意见，但不被武则天采纳，并曾一度因“逆党”株连而下狱。他的政治抱负不能实现，反而受到打击，这使他的心情非常苦闷。

万岁通天元年（696 年），契丹大贺氏部落联盟首领李尽忠、孙万荣等攻陷营州。武则天委派武攸宜率军征讨，陈子昂在武攸宜幕府担任参谋，随军出征。武攸宜为人轻率，少谋略。次年，武攸宜兵败，情况紧急，陈子昂请求遣万人作前驱以击敌，武攸宜不允。随后，陈子昂又向武攸宜进言，武攸宜不听，反而把他降为军曹。陈子昂接连受到挫折，眼看报国宏愿成为泡影，因此登上幽州台，慷慨悲吟，于神功元年（697 年），写下了《登幽州台歌》。

不第后赋菊

唐·黄巢

待到秋来九月八，我花开后百花杀。
冲天香阵透长安，满城尽带黄金甲。

译文

等到秋天重阳节来临的时候，菊花盛开以后别的花就凋零了。

盛开的菊花璀璨夺目，阵阵香气弥漫长安，满城均沐浴在芳香的菊意中，遍地都是金黄如铠甲般的菊花。

黄巢，曹州冤句（今山东曹县西北）人，唐末农民大起义领袖。黄巢出身盐商家庭，善于骑射，五岁的时候便可对诗，但成年后却屡试不第。

乾符元年（874 年），关东发生了大旱，官吏强迫百姓缴租税、服差役。百姓走投无路，聚集黄巢周围，与唐朝廷官吏发生过多次武装冲突。中和元年（881 年），黄巢兵进长安（今陕西西安），于含元殿即皇帝位，国号“大齐”，改元“金统”，大赦天下。

中和四年（884 年），黄巢败死狼虎谷。昭宗天复初年，黄巢侄子黄皓率余部转战湖南，被湘阴土豪邓进思伏杀，唐末农民起义结束。

江雪

唐·柳宗元

千山鸟飞绝，万径人踪灭。
孤舟蓑笠翁，独钓寒江雪。

译文

群山中的鸟儿飞得不见踪影，所有的道路都不见人的踪迹。

江面孤舟上一位披戴着蓑笠的老翁，独自在寒冷的江面上钓鱼。

他尝尽人间悲苦，写下后世称为史上最孤独的诗，有人说这是一首藏头诗

这是一首五言绝句，作于柳宗元谪居永州期间。

母亲卢氏对柳宗元的影响至深。永贞元年（805年），柳宗元被贬永州，母亲卢氏随行。因路途险远，加之南方气候酷热，母亲卢氏到达永州后不久便离世了。

母亲卢氏去世一年后，柳宗元才凑够钱财将母亲的灵柩送回长安。而他则因戴罪之身，不得离开永州半步。

永贞革新失败后，旧友同僚接连去世，柳宗元在官场饱受排挤，三十多岁时已满头白发。在永州的这些年，他孑然一身，历尽人世苦难，于万分悲怆之中写下《江雪》。

秋词二首·其一

唐·刘禹锡

自古逢秋悲寂寥，我言秋日胜春朝。
晴空一鹤排云上，便引诗情到碧霄。

刘禹锡在人生的巅峰时被打入低谷，泥沼中的他依然倔强

译文

自古以来，骚人墨客都悲叹秋天萧条，我却说秋天远远胜过春天。

秋日晴空万里，一只仙鹤推开云层扶摇直上，便引发我的诗情飞上云霄。

永贞元年（805年），唐顺宗即位，任用王叔文改革朝政，刘禹锡也参加了这场革新运动。但永贞革新遭到宦官、藩镇、官僚势力的强烈反对，最终以失败而告终。

唐顺宗被迫退位，王叔文被赐死，刘禹锡被贬。可贵的是，刘禹锡在遭受严重的打击后，并没有消沉下去。刘禹锡被贬到朗州（今湖南常德）时，正好三十四岁，正春风得意时却被赶出了朝廷，其苦闷是可想而知的。

但刘禹锡这个人求异心理很强，做事都想与众不同，不肯人云亦云。《秋词二首》就是他被贬到朗州时在这种心理下写的，这是其中一首。

临安春雨初霁

宋·陆游

世味年来薄似纱，谁令骑马客京华。
小楼一夜听春雨，深巷明朝卖杏花。
矮纸斜行闲作草，晴窗细乳戏分茶。
素衣莫起风尘叹，犹及清明可到家。

一心为了收复河山的他，最终也没有实现抱负，在雨水节气写下此诗

译文

近年来世态人情淡淡的像一层薄纱，谁又让我乘马来到京都作客沾染繁华？

住在小楼听尽了一夜的春雨淅沥滴答，清早会听到小巷深处有人叫卖杏花。

铺开小纸从容地斜写行行草草，字字有章法，晴日窗前细细地煮水、沏茶、撇沫，试着品名茶。

不要叹息那京都的尘土会弄脏洁白的衣衫，清明时节还来得及回到镜湖边的山阴故家。

少年陆游，就能写出“无意苦争春，一任群芳妒”的词句。作为一位伟大的诗人，他的春天从来都是为了收复河山而奔走忙碌的。然而直至写这首诗的春天，陆游已经从意气风发的小伙子变成了一位年逾花甲的老爷爷，他仍然没有实现自己的抱负。

淳熙八年（1181 年），陆游奉诏返京时，就察觉大事不妙，可能又有小人在背后搞鬼了。这次，给事中赵汝愚弹劾他的理由是“不自检饬，所为多越于规矩”。陆游知道后，也不辩解，愤然辞官，重回山阴（今浙江昭关）。

直到淳熙十三年（1186 年）春，陆游闲居山阴五年之后，朝廷重新起用他为严州知州。他赴任之前，先到临安（今浙江杭州）觐见皇帝，在等待皇帝召见时，便住在西湖边上的客栈里。

这天夜里下了一场春雨，陆游住在客栈的楼上，听着淅淅沥沥的雨水入眠。次日清晨，深幽的小巷中传来了叫卖杏花的声音，仿佛是在告诉人们春已深了。小雨初晴，陆游又在窗边细细地沏茶、品茶，悠闲自得。即便这种悠闲的生活对陆游来说只有瞬间，但抓住片刻欢愉尽情享受，足矣！就在此时，他写下了这首诗。

桃花庵歌

明·唐寅

桃花坞里桃花庵，桃花庵里桃花仙。
桃花仙人种桃树，又摘桃花换酒钱。
酒醒只来花下坐，酒醉还来花下眠。
半醉半醒日复日，花落花开年复年。
但愿老死花酒间，不愿鞠躬车马前。
车尘马足富者趣，酒盏花枝贫者缘。
若将富贵比贫贱，一在平地一在天。
若将花酒比车马，他得驰驱我得闲。
别人笑我忒风骚，我笑他人看不穿。
不见五陵豪杰墓，无酒无花锄作田。

古代江南第一才子唐伯虎落魄时提笔写下千古名句

译文

桃花坞里有座桃花庵，桃花庵里有个桃花仙。

桃花仙人种有很多桃树，又摘下桃花去换酒钱。

酒醒的时候静坐在花间，酒醉的时候在花下睡觉。

半醒半醉之间一天又一天，花开花落之间一年又一年。

只想老死在桃花和美酒之间，不愿意在达官显贵们的车马前鞠躬行礼、阿谀奉承。

车水马龙是贵族们的志趣，酒杯和花枝才是像我这样的穷人的缘分和爱好。

如果将别人的富贵和我的贫贱来比较，一个在天一个在地。

如果将我的贫贱生活和达官显贵的车马劳顿生活相比较，他们得到的是奔波之苦，我却得到了闲情乐趣。

别人笑话我太风骚，我却笑别人看不穿世事。

如今看不见那些豪门贵族的墓冢，没有酒也没有花而只有被当作耕种的田地。

唐寅，字伯虎，出生于成化六年（1470 年），从小天资聪颖。十六岁时就以苏州府试第一名的成绩，进入府学读书。这个时候的唐寅事业有成，家庭美满，得意至极，有“江南四大才子”之首之美称。然而二十四岁之后，经历了父母离世，妻、妹相继去世，唐寅悲痛万分，靠好友祝枝山的帮助才缓过来。

后来，唐寅又在祝枝山的劝说下开始准备科举考试，但因结交了一些浪荡公子而被取消了成绩，幸亏有好友文徵明的父亲为他说情，他才得以以“补遗”方式参加乡试。然而，唐寅并没有因此擦亮眼睛，在赴京考试的路上又结交了损友徐经。那一年，秋闱的主考官是李东阳，他出的考题很难，全部考生中只有徐经和唐寅中第。于是遭人嫉妒，徐经被人举报舞弊，唐寅受牵连入狱，被贬为吏。从此，唐寅丧失进取心，游荡江湖。

弘治十八年（1505年），距唐寅科场遭诬仅六年。他有感于《金刚经》中“如梦幻泡影，如露亦如电，应作如是观”等语，与自己的遭遇相契合，所以自号“六如居士”，并写下了这首《桃花庵歌》。

正德二年（1507年），唐寅与友人张灵等在苏州桃花坞建了居所，名为桃花庵（后改名为准提庵），晚年与续妻沈九娘居住于此。唐寅隐居于此，靠卖字画为生。他用卖画的钱在居所处还建造了六如阁、梦墨亭，并种了满园桃树，每逢春季，桃花盛开，远望如一片红云，美不胜收。

宝剑记·夜奔

明·李开先

登高欲穷千里目，愁云低锁衡阳路。
鱼书不至雁无凭，几番欲作悲愁赋。
回首西山日又斜，天涯孤客真难度。
丈夫有泪不轻弹，只因未到伤心处。

一首道出了天下男人的辛酸和苦累的诗作，最后两句触人心弦

译文

登高想要看到千里之外的风光，却只见衡阳路上愁云满布。

书信不通，只能满腹悲伤愁苦无处宣泄。

回头看又是一个凄清的夜晚，独自一个人浪迹天涯真是难熬。

都说大丈夫不轻易掉眼泪，这是因为还没有到真正伤心的时候！

李开先，章丘（今山东济南市章丘区西北）人，明代文学家、戏曲作家，被称为“嘉靖八才子”之一。他自幼聪慧，琴棋书画无所不通，尤醉心于金元散曲及杂剧。

嘉靖八年（1529年），李开先进士及第，历任户部主事、吏部考功主事、员外郎、郎中，后升任太常寺少卿。嘉靖二十年（1541年），他目睹朝政腐败，抨击夏言内阁，为权臣夏言所忌，被罢官，回到山东济南老家闲居近三十年。他壮年归田，期望朝廷重新起用，但又不肯趋附权贵，只能闲居终老。鉴于这种情况，他常常十分郁闷，十分悲愤，这首《宝剑记·夜奔》就作于这种背景下。

清朝布衣天才诗人随口自嘲，却成就千古名句

杂感

清·黄景仁

仙佛茫茫两未成，只知独夜不平鸣。
风蓬飘尽悲歌气，泥絮沾来薄幸名。
十有九人堪白眼，百无一用是书生。
莫因诗卷愁成谶，春鸟秋虫自作声。

译文

自己成仙成佛的道路渺茫，都无法成功，只能在深夜独自作诗，抒发心中的不平。

漂泊不定的落魄生活，把诗人诗歌中慷慨激昂之气消磨而尽。万念俱寂、对女子已经没有轻狂之念的人，却得到负心汉的名声。

十个人中有九个人是可以用白眼相向的，最没有用处的就是书生。

不要忧愁自己写的愁苦之诗会成为吉凶的预言，春天的鸟儿和秋天的虫儿都会发出自己的声音。

黄景仁是清朝人，年少成名，九岁有诗名，十六岁在三千人中取得童子试的第一名，是“乾隆六十年第一人”。

乾隆三十三年（1768年）秋天，当时只有二十岁的黄景仁第一次在江宁参加乡试，结果名落孙山，愤愤不平时写下了这首《杂感》。

黄景仁的一生贫病交迫，仕途始终不顺，多次乡试不中对一个自诩有才的人确实是很大的打击。

为了生计，黄景仁从二十岁开始在浙江、安徽、江西、湖南等地漂泊，三十五岁时病死在山西运城。黄景仁短短的三十五年生命，充满悲哀和困顿，却又个性倔强，常常发出不平的感慨，是我国历史上一位薄命诗人。

破阵子·为陈同甫赋壮词以寄之

宋·辛弃疾

醉里挑灯看剑，梦回吹角连营。
八百里分麾下炙，五十弦翻塞外声。
沙场秋点兵。
马作的卢飞快，弓如霹雳弦惊。
了却君王天下事，赢得生前身后名。
可怜白发生！

文能比苏轼，武能比岳飞，一个将军却以文笔传世

译文

醉梦里挑亮油灯观看宝剑，梦中回到了当年，各个军营接连响起号角声。

把烤肉分给部下，乐队演奏北疆歌曲。

这是秋天在战场上阅兵。

战马像的卢一样跑得飞快，弓箭像惊雷一样，震耳离弦。

我一心想替君主完成收复失地的大业，取得世代相传的美名。

壮志未酬，可怜我已成了白发人！

辛弃疾，字幼安，号稼轩，南宋豪放派词人，有“词中之龙”之称。辛弃疾一生胸怀抱负，却命运多舛、备受排挤、壮志难酬。

辛弃疾二十一岁时，在家乡历城（今山东济南）参加了抗金起义。起义失败后，他回归南宋，当过许多地方的长官。为官期间，他安定民生，训练军队，极力主张收复中原，却遭到排斥打击。上阵杀敌的英雄，却因长期不得任用，闲居近二十年。

淳熙十五年（1188年）冬天，辛弃疾与陈亮在铅山瓢泉会见，即第二次“鹅湖之会”。陈亮，字同甫，为人才气豪迈，议论纵横，自称能够“推倒一世之智勇，开拓万古之心胸”。他们促膝长谈，积极主张抗战，共商抗金北伐大计，时刻等待机会的到来。这次陈亮到铅山访辛弃疾，停留十日。分别后，辛弃疾写下《贺新郎·把酒长亭说》并寄给陈亮，陈亮和了一首词后又用同一词牌反复唱和。这首《破阵子·为陈同甫赋壮词以寄之》大约也是作于这一时期。

虞美人·听雨

宋·蒋捷

少年听雨歌楼上，红烛昏罗帐。
壮年听雨客舟中，江阔云低、断雁叫西风。
而今听雨僧庐下，鬓已星星也。
悲欢离合总无情，一任阶前、点滴到天明。

宗词里最苍凉的一场雨，读懂它，便读懂了人生

译文

年少的时候，歌楼上听雨，红烛盏盏，昏暗的灯光下罗帐轻盈。

人到中年，在他乡的小船上，看蒙蒙细雨，茫茫江面，水天一线，西风中，一只失群的孤雁阵阵哀鸣。

而今独自一人在僧庐下，听细雨点点，人已暮年，两鬓已是白发苍苍。

人生悲欢离合的经历是无情的，还是让台阶前一滴滴的小雨下到天亮吧。

蒋捷，字胜欲，世称竹山先生，宋末元初常州宜兴（今属江苏）人。蒋捷的先世为宜兴豪门世家，他从小就过着锦衣玉食的生活，饱读诗书，深受儒家思想的影响，有强烈的入世情怀。蒋捷在当时也是个有名的词人，因为《一剪梅》中的名句“流光容易把人抛，红了樱桃，绿了芭蕉”，还得到了一个“樱桃进士”的雅号。

然而，蒋捷的一生是不幸的，生于宋元易代之际，大约在咸淳十年（1274年）中进士，正准备展现自己的才华、施展抱负时，南宋灭亡了，他不肯仕元，开始了漂泊生涯。他的一生是在战乱年代中颠沛流离、饱经忧患的一生。这首词正是他的忧患余生的自述。

一首千古名篇寄梦诗，道尽一生孤独和苦闷

小重山·昨夜寒蛩不住鸣

宋·岳飞

昨夜寒蛩不住鸣。惊回千里梦，已三更。
起来独自绕阶行。
人悄悄，帘外月胧明。
白首为功名。旧山松竹老，阻归程。
欲将心事付瑶琴。
知音少，弦断有谁听？

译文

昨晚受寒的蟋蟀不断哀鸣，惊醒我回千里之外（金国占据的地方，以及宋徽宗、宋钦宗二帝被囚的地方）的梦，已经三更了。

独自一人起来绕着台阶行走。

寂静无语，帘外月亮朦胧微明。

为了追求功名利禄头发已白。家乡的松竹已长大变老，阻断了我回家的路。

想要将心事寄托在玉琴上。

知音太少了，弦弹断了又有谁听？

岳飞，字鹏举，相州汤阴（今属河南）人，南宋初抗金名将，位列南宋“中兴四将”之首。

在绍兴八年（1138年）宋金议和而不准动兵的时期，岳飞在抗金名将宗泽麾下英勇作战，升为秉义郎。绍兴六年（1136年）至绍兴七年（1137年），他连续指挥军队收复黄河以南大片国土，形成西起川陕、东到淮北的抗金战线，准备大举收复中原，北上灭金。但宋高宗赵构起用极力妥协主和的秦桧为相，停止抗金，迫使主战派王庶、张戒、曾开、胡铨等人均被罢免、除籍、编管甚至被杀害。而对于岳飞，秦桧坚决制止岳飞再与金国作战，大好的抗金复国形势付诸东流。

《小重山·昨夜寒蛩不住鸣》是夜深人静时，内心极度郁闷的岳飞在元帅帐内写下的。他在词中写了他对投降派的猖獗的极度愤慨，但身为朝臣又无可奈何；他极力反对妥协投降，但宋高宗赵构和秦桧力主和金国谈判议和，他却无法反抗命令。

蝶恋花·人生南北多歧路

清·吴敬梓

人生南北多歧路，将相神仙，也要凡人做。
百代兴亡朝复暮，江风吹倒前朝树。
功名富贵无凭据，费尽心情，总把流光误。
浊酒三杯沉醉去，水流花谢知何处。

在阅尽千帆、饱尝冷暖后，他写出了这首词，道出了人生的酸甜苦辣

译文

人生在世，东奔西走，会遭遇许多挫折，即便是将相神仙一样的人物，也终归要凡人做。

百代朝代的兴盛与衰亡，不就像朝暮更迭一般迅疾，江风犹在耳，将相已无踪。

功名富贵，是难以料定的，煞费苦心，绞尽脑汁，最终耽误了美好时光。

何不饮几杯浊酒，沉沉醉去，又何须去管他水流花谢，落在何处呢?

吴敬梓出生在一个官宦世家，从小父亲便不在身边，十三岁时母亲去世，十四岁时被过继给了伯父吴霖起。所幸的是，伯父对他视如己出，亲自教他读书，希望他未来能走上科举之路，继续光耀门楣。吴敬梓也很争气，无论是经史子集，还是诗词歌赋，一学就会。但他随后的人生却是一波三折。

约十七岁，吴敬梓娶了门当户对的妻子。二十岁顺利参加了科举考试。在吴敬梓二十三岁时，吴霖起去世。然而，他不善于经营家业，慷慨好施又挥金如土，不到十年，便将家产变卖殆尽。族人对他的作风十分厌恶，都视他为败家子。其间，他的第一任妻子去世。

乾隆元年（1736 年），安徽巡抚赵国麟、江宁巡导唐时琳和学台郑江力荐吴敬梓去参加博学鸿词科廷试，但在督院考试时吴敬梓因病未终卷而退场，未能参加北京廷试，从此绝意仕途。二十多岁的吴敬梓，性格大变，狂放不羁，目中无人，田庐尽卖，奴仆逃散，肆意挥霍。吴敬梓参加乡试，虽然成绩优秀，但是因在乡里“臭名昭著”导致落第。

在这样的处境下，他遇到了他的第二任妻子叶氏。叶氏透过吴敬梓的癫狂，看到了他的才华和人品，他也在叶氏的身上感受到了久违的家庭温暖。于是，他带着叶氏，举家搬到了南京。这一年，他大概三十三岁。

吴敬梓因为文采出众，且行事狂放，受到了当地文人的推崇，这让吴敬梓逐渐萌生了写一部小说的念头。此后，吴敬梓花了近二十年时间，创作出了那部惊世的《儒林外史》。而这首《蝶恋花·人生南北多歧路》就在其中。

陋室铭

唐·刘禹锡

山不在高，有仙则名。水不在深，有龙则灵。
斯是陋室，惟吾德馨。
苔痕上阶绿，草色入帘青。谈笑有鸿儒，
往来无白丁。可以调素琴，阅金经。
无丝竹之乱耳，无案牍之劳形。
南阳诸葛庐，西蜀子云亭。孔子云：何陋之有？

被称为『唐版苏轼』的刘禹锡被小人逼得忍无可忍，写下了这篇千古绝唱

译文

山不在于高，有了神仙就出名。水不在于深，有了龙就显得有了灵气。

这是简陋的房子，只是我（住屋的人）品德好（就感觉不到简陋了）。

长在台阶上的苔痕颜色碧绿，草色青葱，映入帘中。

到这里谈笑的都是知识渊博的大学者，交往的没有知识浅薄的人。平时可以弹奏清雅的古琴，阅读泥金书写的佛经。

没有奏乐的声音扰乱双耳，没有官府的公文使身体劳累。

南阳有诸葛亮的草庐，西蜀有扬子云的亭子。孔子说："这有什么简陋呢？"

提起刘禹锡，自然不能不提他的“诗豪”之名。称刘禹锡为“诗豪”，一方面是他的诗境界开阔、诗风俊朗；另一方面则是指他的为人，性格倔强、为人直爽。

刘禹锡因永贞革新得罪了当朝权贵，被贬至安徽和州（今和县）当通判。按当时的规定，刘禹锡应住在衙门里三间三厢的房子，可是和州知县见他是被贬而来的，便故意刁难他，让他在城南面江而居。

刘禹锡不仅不埋怨，还高兴地写了一副对联贴于房门，即“面对大江观白帆，身在和州争思辩”。从这副对联来看，可谓是字字珠玑，满满的桀骜不驯。

刘禹锡的这一举动气坏了知县，知县又让人将他的房子由城南调至城北，房子从三间减到一间半。而这一间半的房子位于得胜河边，附近种有杨柳，刘禹锡见此景，又作了一联“杨柳青青江水平，人在历阳心在京”。知县知道后非常生气，在城中给刘禹锡寻了一间只能容得下一床一桌一椅的小屋。

仅半年时间，刘禹锡连搬三次家，房子一次比一次小，最后仅是斗室。刘禹锡遂愤然提笔写下这篇《陋室铭》，他还觉得不够过瘾，请人将其刻写在石头上，端端正正地立在房门前。

伍

绝美意境

早发白帝城

唐·李白

朝辞白帝彩云间，千里江陵一日还。
两岸猿声啼不住，轻舟已过万重山。

李白年近花甲的自由宣言，尽显『诗仙』风流，留下千古名篇

译文

清晨从那彩云缭绕的白帝城出发，千里之外的江陵，我一日之内就已返还。

耳畔只听见长江两岸猿声欢啼不停，轻快的小船已悄然飞过了万重青山。

还记得唐玄宗在位时，安禄山突然带兵谋反，一时之间烽火遍地、生灵涂炭，大唐社稷岌岌可危，百姓生活在水深火热之中。永王李璘临危受命为江陵大都督，为了讨伐安禄山，他四处招兵买马，经过九江时三次派人去庐山邀请李白相助。李白为了报效朝廷便加入了李璘的幕府。可是等消灭安禄山之后，皇上却怀疑李璘也要趁机谋反，李璘被逼得无路可走只能举兵相对，最后被朝廷的大军所灭。因此，李白被判谋反，成了阶下之囚。

乾元二年（759年）春，李白在流放途中经过白帝城时，忽然收到唐肃宗为让大唐转运而大赦天下的消息，惊喜的他便乘坐小舟沿东而下直回江陵。

一叶轻舟载着死里逃生的李白，在浩荡的长江上急速地行驶着。李白的耳边传来不间断的猿啼，眼前尽是倒退的群山，这让他联想到了这些年经历的一切，当即吟出了这首流传千古的七绝《早发白帝城》。

流传千古的《清明》背后还有一个励志的故事：如何在逆境中寻找生活的诗意

清明

唐·杜牧

清明时节雨纷纷，路上行人欲断魂。
借问酒家何处有？牧童遥指杏花村。

译文

江南清明时节细雨纷纷飘洒，路上羁旅行人个个落魄断魂。

借问当地之人何处买酒浇愁？牧童笑而不答遥指杏花山村。

会昌五年（845年），杜牧在池州任刺史。池州位于长江南岸，那里山清水秀，景色宜人。杜牧在处理完公务后，常常换便服独自出游。

到任那年的清明节，杜牧到池州郊外踏青，刚走到半路，就下起了蒙蒙细雨，衣服都被淋湿了。杜牧觉得很扫兴，准备找个地方去躲雨。这时候，雨又渐渐小了，太阳从云里钻了出来。于是，杜牧改变了主意，决定喝点酒驱驱寒后再继续赶路。

正好这时有一个骑在牛背上、吹着笛子迎面而来的牧童。杜牧赶紧上前打听:“小朋友，这附近什么地方有酒卖?”牧童停止了吹笛，抬手指了指远处杏花深处的村庄。杜牧顺着牧童手指的方向望去，只见远处的杏花如霞似粉，在杏花树梢头隐隐露出一个酒幌。杜牧谢过牧童，找到了那家店，几口酒下肚，便觉得身上暖烘烘的。想起刚才路上的情景，他诗兴大发，提笔在店内的墙壁上题写了这首《清明》。

黄鹤楼

唐·崔颢

昔人已乘黄鹤去，此地空余黄鹤楼。
黄鹤一去不复返，白云千载空悠悠。
晴川历历汉阳树，芳草萋萋鹦鹉洲。
日暮乡关何处是？烟波江上使人愁。

译文

过去的仙人已经驾着黄鹤飞走了，只留下空荡荡的黄鹤楼。

黄鹤一去再也没有回来，千百年来只看见白云在天上飘飘荡荡。

阳光照耀下的汉阳树木清晰可见，更能看清芳草繁茂的鹦鹉洲。

暮色渐渐漫起，哪里是我的家乡？江面烟波渺渺让人更生烦愁。

崔颢一首诗让李白负气多年，黄鹤楼背后有一个神奇的传说，你知道吗？

崔颢是唐代的一位诗人，开元十一年（723年）登进士第。其间，他在武昌做过官，但是因为不得意，就辞职回到故乡河南。在回乡的途中，他登上了黄鹤楼，美景尽收眼底，心中不禁感慨万千。他想到了自己的仕途坎坷，想到了远方的家乡，想到了人生的无常。于是，他写下了这首脍炙人口的《黄鹤楼》。

关于黄鹤楼的由来，有这样一个传说：

黄鹤楼原本是一家小酒馆，老板姓辛，一个穷酸的老道士常常到他的小酒馆喝酒，可每次喝完酒都没钱付，然而老板却没有为难老道士，一连几个月都分文未取。

突然有一天，老道士用橘子皮在墙上画了一只黄鹤，并声称只要连拍三掌，黄鹤便会跳出来给客人跳舞助兴。老道士说完便远游去了。此事很快便传遍大江南北，慕名来看黄鹤的人也越来越多，小酒馆的生意也渐渐好了起来。

十年后，老道士云游回到了此地，此时小酒馆已经变成了大酒楼，当年的恩情算是还完了。于是他挥了挥手，将黄鹤召唤出来，随后便驾着黄鹤飞上了青天。辛老板为了感谢这位老道士，便将自己的大酒楼更名为黄鹤楼，从此闻名天下。

题龙阳县青草湖

元·唐珙

西风吹老洞庭波，一夜湘君白发多。
醉后不知天在水，满船清梦压星河。

谜一样的诗人，生平记载都不详，却写下了一首惊艳岁月的千古名篇

译文

秋风飒飒而起，广袤无垠的洞庭湖水，泛起层层白波。一夜愁思，湘君也多了白发。

醉卧扁舟，只见一片星光璀璨的世界，似幻似真、缥缈迷离。不知道是天上的星辰倒映在水中，还是我身处梦境呢？

唐珙，字温如，元末明初诗人。唐珙的父亲唐珏是南宋义士，在元代僧人盗掘南宋皇陵之时，唐珏曾偷拾先诸帝遗骨，并重新安葬，才免遭元僧亵渎。因此，唐珙自幼便受到父亲的教导，知侠义，秉承父亲的风骨。

唐珙自幼就颇有侠义之气，胸怀着伟大理想。而他的诗，也是颇有浪漫主义理想和远大的志向。

唐珙人不怎么出名，却有一首意境绝美的诗传世。这首诗，无论在意境上，还是写作手法上，都像极了盛唐时期的作品，且丝毫不逊色于巅峰时期的唐代名篇。所以在清代编撰的《全唐诗》中，误将这首诗归入唐代作品。

唐多令·芦叶满汀洲

宋·刘过

芦叶满汀洲，寒沙带浅流。二十年重过南楼。
柳下系船犹未稳，能几日，又中秋。
黄鹤断矶头，故人今在否？
旧江山浑是新愁。
欲买桂花同载酒，终不似，少年游。

二十年后，他故地重游，写下『终不似，少年游』，将物是人非写到了极致

译文

芦叶纷扬落满沙洲，浅水带着寒沙汩汩东流。二十年后再次登上南楼。

小舟在柳树下还没有系稳，过不了几天，又到了中秋。

黄鹤矶早已破烂不堪，故友现今是否安在？

看江山破旧心中频添新愁。

想买桂花美酒一起畅饮，但终究不再像少年时代那样纵情豪游！

刘过是南宋词人，多次应举不中，常年流浪于江湖中，为人豪爽，被人誉为“平生以义气撼当世的天下奇男子”。

某年秋日，刘过站在安远楼上眺望远方，首先映入眼帘的是那铺满芦苇枯叶的小洲，一泓寒水静静地流淌着。他想到二十年前，也曾来过这里，度过了一段颇为放荡不羁的生活。

此番故地重游，他早已没有了当时的心境，又见此萧瑟之景，怎能不感慨万千？时光流逝，昔年的黄鹤矶早已破烂不堪，他忍不住问道：“故人今在否？”

当时，刘过和一帮友人在武昌的安远楼上聚会，宴会上有位黄姓歌女请他作一首词，他当场写下《唐多令·芦叶满汀洲》。

宋代第一才女十六岁时填一首词，问世之后就名动京城，每一句都美到让人心碎

如梦令·昨夜雨疏风骤

宋·李清照

昨夜雨疏风骤，浓睡不消残酒。
试问卷帘人，却道海棠依旧。
知否，知否？应是绿肥红瘦。

译文

昨天夜里雨点虽然稀疏，但是风却劲吹不停。我酣睡一夜，然而醒来之后依然觉得还有一点酒意没有消尽。

于是就问正在卷帘的侍女，外面的情况如何，她说海棠花依然和昨天一样。

你可知道，你可知道，这个时节应该是绿叶繁茂、红花凋零了。

李清照，号易安居士，齐州章丘（今山东济南市章丘区西北）人。南宋女词人，婉约词派代表，有“千古第一才女”之称。

元符二年（1099年）的一个清晨，十六岁的李清照写了一首《如梦令·昨夜雨疏风骤》，并将其随手放在妆台上。当时在太学读书的堂哥偶然间发现这首词，觉得写得很好，就将它带到了太学。太学的学生竞相抄读，并纷纷打听这首词是出自哪位文学大家手笔。当得知这首词是出自一个闺中少女之手时，大家更是想一睹芳容。

从那以后，李清照的名字，便轰动了整个京师。《尧山堂外纪》卷五十四评曰：“当时文士莫不击节称赏，未有能道之者。”

天净沙·秋思

元·马致远

枯藤老树昏鸦，小桥流水人家，
古道西风瘦马。
夕阳西下，断肠人在天涯。

短短的二十八个字，却道尽了古今的悲凉，因此马致远被后世称为『秋思之祖』

译文

天色黄昏，一群乌鸦落在枯藤缠绕的老树上，发出凄厉的哀鸣。小桥下流水哗哗作响，小桥边庄户人家炊烟袅袅。

古道上一匹瘦马，顶着西风艰难地前行。

夕阳渐渐地失去了光泽，从西边落下。凄寒的夜色里，只有孤独的旅人漂泊在遥远的地方。

马致远，号东篱，大都（今北京）人，元代戏曲作家、散曲家。他与关汉卿、郑光祖、白朴并称“元曲四大家”。

马致远出生在一个富有且有文化素养的家庭，年轻时热衷于求取功名，似曾向太子孛儿只斤·真金献诗并因此而为官，之后由于孛儿只斤·真金去世而离京任江浙行省务官，后在元贞年间参加了“元贞书会”，但由于元统治者实行民族高压政策，因而一直未能得志。他的一生几乎过着漂泊无定的生活，因而郁郁不得志。

在某天深秋的黄昏，他风尘仆仆地在独自漂泊的羁旅途中，写下了《天净沙·秋思》。

《天净沙·秋思》是马致远的代表作，更是元曲名篇，也正是因为这首曲为马致远赢得了“秋思之祖”的美誉。

陆

一往情深

上邪

汉·毛苹

上邪！
我欲与君相知，长命无绝衰。
山无陵，江水为竭，冬雷震震，
夏雨雪，天地合，乃敢与君绝。

古今最决绝的一首爱情诗，被誉为『短章中的神品』

译文

天呀！我愿与你相爱，让我们的爱情永不衰绝。

除非高山变平地，滔滔江水干涸断流，凛凛寒冬雷阵阵，炎炎酷暑雪纷纷，天地相交聚合连接，我才肯将对你的情意抛弃决绝！

公元前201年，汉朝建立，吴芮被汉高祖刘邦改封为长沙王。生日那天，他携爱妻毛苹泛舟湘江。那日风平浪静，碧水青山，风景如画，身处其间，他们却思绪万千。两人感念这些年彼此的牵挂，陷入了难言的伤感之中。

毛苹本是当时著名的才女，多年来与吴芮同甘共苦，面对此情此景，不觉即兴吟下了这首《上邪》。如此情深义重的誓言，吴芮听后心潮起伏，想起他少小离开的家乡。于是，他答“芮归当赴天台，观天门之暝晦”，希望自己死后能回到故乡落叶归根。

一语成谶，就在这一年，吴芮夫妇双双去世，被合葬于长沙城西。这对生死相随的伴侣虽然未能如愿回归故里，但从此长相厮守。

题都城南庄

唐·崔护

去年今日此门中，人面桃花相映红。
人面不知何处去，桃花依旧笑春风。

译文

去年的这个时候，我从这扇门里望去，看见姑娘的脸庞和桃花相互映衬得绯红；

今日再来此地，那姑娘不知道去了何处，只有桃花依旧含笑怒放在春风之中。

他为后世奉献了一个成语『人面桃花』：对爱情的所有想象，都在这首浪漫唐诗中唐代，有一个名叫崔护的年轻书生科举落第，便到长安城住下继续攻读。清明节前后，他到大雁塔附近春游，走到一个桃花掩映的农家，遇到一个美丽的农家少女，他被少女的美貌吸引了。于是崔护借口口渴讨了水喝，闲聊几句后，他便恋恋不舍地离开了。

第二年的清明节，崔护又来了，桃花依然盛开，但是农家柴门紧闭，于是他在柴门上写了一首诗。

过了几天，当他再次到这里时，远远地就听到农家茅舍中传出了阵阵苍老的哭声，便赶去问发生了什么事。一位白发苍苍的老汉哭得非常伤心地说："我的女儿前几天去走亲戚，回来见到门上的诗，便一病不起了。"

崔护听后大吃一惊，便说出写诗的原因，并要求见少女一面。当他看到奄奄一息的少女时，便大声哭喊，也许是他的真心感动了苍天，少女苏醒了过来。后来，他们就结为夫妻，被传为千古佳话。

赠去婢

唐·崔郊

公子王孙逐后尘，绿珠垂泪滴罗巾。
侯门一入深如海，从此萧郎是路人。

心爱之人被卖给权贵，多年后偶遇，百感交集

译文

公子王孙追逐着美人脚下的尘埃，绿珠垂下的眼泪滴到了绫罗制成的手帕上。

一朝嫁入王公贵族的门第，就像掉进了深不可测的大海，从此以后，昔日的爱人就变成了陌路之人。

元和年间，崔郊因家贫而寄居在姑母家。姑母家中有一位使女的容貌绝美，且精通音律。一段时间后，崔郊和使女相爱了。然而，姑母却将使女卖给了当地的一位权贵。

崔郊对使女一直念念不忘，经常在那位权贵的府邸附近徘徊。寒食节时，使女外出，昔日的恋人终于相见。两人相对哭泣，临别时崔郊写下了这首千古名篇。

幸运的是，后来那位权贵读到此诗，被崔郊的痴情打动，于是让崔郊把使女领走，还赠送了一大笔嫁妆，成就了这段美好的姻缘，有情人终成眷属。

陆游的《沈园二首》道出了对唐婉至死不渝的爱恋

沈园二首

宋·陆游

城上斜阳画角哀，沈园非复旧池台。
伤心桥下春波绿，曾是惊鸿照影来。

梦断香消四十年，沈园柳老不吹绵。
此身行作稽山土，犹吊遗踪一泫然。

译文

斜阳下城墙上的画角声仿佛也在哀痛，沈园已经不是原来的池阁亭台。

那座令人伤心的桥下春水依然碧绿，当年我曾在这里见到她美丽的身影。

离她香消玉殒已过去四十多年，沈园柳树也老得不能吐絮吹绵了。

我眼看着要化作会稽山中的一抔黄土，仍然来此凭吊遗踪而泪落潸然。

北宋末年，陆游生于越州山阴（今浙江绍兴），是南宋著名的爱国诗人。陆游有两个特点：一是诗词成就极高，二是一生都力主抗金、收复北方。

陆游的表妹唐婉（陆游舅舅之女）比陆游小三岁，不仅出身官宦世家，同时还是一个貌美的才女。陆游从小就和唐婉感情好。绍兴十四年（1144年），他们二人结成夫妻，度过了三年左右的幸福生活。

但是由于陆游的母亲厌恶这个儿媳，逼迫他们离散。迫于压力，陆游休了唐婉。之后，唐婉嫁给了赵士程，陆游又新娶了王氏为妻。

陆游三十一岁的时候到山阴的沈园游玩，与赵士程、唐婉偶然相逢，他心中十分痛苦，便在墙壁上题写了一首《钗头凤·红酥手》。唐婉读后也回应了一首《钗头凤·世情薄》，不久便抑郁离世。

四十四年过去了，陆游已经七十五岁，他始终没有忘记唐婉。一日，他故地重游，在沈园想起从前与唐婉恩爱的日子，不禁悲从中来，于是写下了两首绝句。

白头吟

两汉·卓文君

皑如山上雪，皎若云间月。
闻君有两意，故来相决绝。
今日斗酒会，明旦沟水头。
躞蹀御沟上，沟水东西流。
凄凄复凄凄，嫁娶不须啼。
愿得一心人，白头不相离。
竹竿何袅袅，鱼尾何簁簁！
男儿重意气，何用钱刀为！

从《凤求凰》到《白头吟》，西汉才女卓文君的情感之路令人唏嘘

译文

爱情应该像山上的雪一般纯洁，像云间的月亮一样光明。

听说你怀有二心，所以来与你决裂。

今日置酒作最后的聚会，明日便将在沟头分手。

我缓缓地移动脚步沿沟走去，过去的生活宛如沟水东流，一去不复返。

当初我毅然离家随君远去，就不像一般女孩凄凄啼哭。

满以为嫁了一个情意专心的称心郎，可以相爱到老永远幸福了。

男女情投意合就像钓竿那样轻细柔长，鱼儿那样活泼可爱。

男子应当以情义为重，失去了真诚的爱情是任何钱财珍宝都无法补偿的。

据传，司马相如年轻时非常贫穷。一次，他有幸被卓王孙邀请为宾客。在宴会上，司马相如见到了卓王孙的女儿卓文君。当时，卓文君年纪尚轻已丧偶。司马相如对卓文君产生了浓厚的兴趣，于是在宴会上演奏了《凤求凰》，以此向她表达他的情感。

卓文君对音乐极为痴迷，再加上她看到司马相如才华横溢，深受打动。她很快坠入了爱河，并且不顾家人的反对，勇敢地逃离了束缚，与司马相如一同私奔到外地。

然而不久后，司马相如前往京城，向皇帝献赋，因其卓越的才华，得到了汉武帝的赞赏，开始了他的官场生涯。后来，卓文君得知司马相如打算在京城娶茂陵女为妾的消息，这首《白头吟》便是卓文君得知这个消息后所写的。

雨霖铃·寒蝉凄切

宋·柳永

寒蝉凄切，对长亭晚，骤雨初歇。
都门帐饮无绪，留恋处，兰舟催发。
执手相看泪眼，竟无语凝噎。
念去去，千里烟波，暮霭沉沉楚天阔。

多情自古伤离别，更那堪，冷落清秋节！
今宵酒醒何处？杨柳岸，晓风残月。
此去经年，应是良辰好景虚设。
便纵有千种风情，更与何人说？

一切景语皆情语：从这首词看柳永的『多情』

译文

秋后的蝉叫得是那样的凄凉而急促，面对着傍晚的长亭，一阵急雨刚停。

在京都城外设帐饯别，却没有畅饮的心绪，正在依依不舍的时候，船上的人已催着出发。

握着手互相瞧着，满眼泪花，千言万语都噎在喉间说不出来。

这一程又一程，千里迢迢，一片烟波，那夜雾沉沉的楚地天空竟是一望无边。

自古以来多情的人最伤心的是离别，更何况又逢萧瑟冷落的秋季，这离愁哪能经受得了！

谁知我今夜酒醒时身在何处？怕是只有杨柳岸边，面对凄厉的晨风和黎明的残月了。

这一去长年相别，相爱的人不在一起，我料想即使遇到好天气、好风景，也如同虚设。

即使有满腹的情意，又能和谁一同欣赏呢？

约雍熙四年（987 年），柳永出生于北宋的一个官宦世家，排行第七，人们称他为“柳七”。柳永原名柳三变，字耆卿，崇安（今福建武夷山）人。他少年时仕途失意，为人放荡不羁，自称“奉旨填词”柳三变、“白衣卿相”。柳永从小学习诗词，有功名用世之志。

咸平五年（1002 年），柳永计划进京参加礼部考试，但是见到杭州的繁华景象后，便留了下来，沉醉于听歌买笑的浪漫生活。

咸平六年（1003 年），柳永拜访朋友孙何，写了《观海潮·东南形胜》，并让歌女演唱。此词一出，即被大家广为传诵，柳永也因此名噪一时。他的词流传很广，当时就有“凡有井水饮处，即能歌柳词”的说法。

大中祥符元年（1008 年），柳永进入京师汴京（开封），参加考试，但因为辞藻轻浮，受到谴责，初试落第。大中祥符八年（1015 年），柳永第二次参加礼部考试，再度落第。同时，他与歌女虫娘的关系出现裂痕。

天禧二年（1018 年），柳永第三次参加考试，落第。天圣二年（1024 年），柳永第四次参加考试，又落第。

受不了打击的柳永愤然离开京师，决定由水路南下，以填词为生。《雨霖铃·寒蝉凄切》就是柳永与虫娘离别时所作的。

鹊桥仙

宋·秦观

纤云弄巧，飞星传恨，银汉迢迢暗度。
金风玉露一相逢，便胜却人间无数。
柔情似水，佳期如梦，忍顾鹊桥归路。
两情若是久长时，又岂在朝朝暮暮。

很美的一首词，从开篇美到结尾，因邂逅歌女写下《鹊桥仙》

译文

纤薄的云彩变幻着精妙的图案，飞驰的流星传递出精心的恨憾。牛郎和织女悄然无言，各自横越过漫长的银河。

秋风白露中的相会虽然短暂，却胜过人间无数寻常的白天夜晚。

缱绻的柔情像流水般绵绵不断，重逢的约会如梦境般缥缈虚幻，鹊桥上怎忍心把归路回看。

两颗心只要永远相爱不变，又何必一定要每一天厮守！

秦观，北宋词人，与黄庭坚、张耒、晁补之合称“苏门四学士”，颇得苏轼的赏识。熙宁十一年（1078年），秦观作《黄楼赋》，苏轼赞他“有屈宋之才”。元丰八年（1085年），秦观考中进士，初为定海主簿、蔡州教授。元祐二年（1087年），苏轼引荐秦观为太学博士，后任秘书省正字，兼国史院编修官。哲宗于绍圣元年（1094年）亲政后，“新党”执政，“旧党”多人遭罢黜。

绍圣三年（1096年）春，秦观被贬到湖南郴州，途经长沙时，邂逅了一位歌女，两人一见倾心。歌女特别喜欢秦观的词，知道他的身份后，又惊又喜，殷勤地款待了他。秦观与她缱绻数日，贬谪的路还要往南走，他与歌女不得不洒泪而别。临别之际，秦观承诺将来北归之时，便来迎娶她。

到了郴州以后，秦观日夜思念他的恋人，但戴罪之身，人命危浅，相聚又谈何容易。一别数年，秦观竟死于广西藤县。歌女步行数百里为秦观吊唁，哀恸而死。这件事在当地被传为佳话。

这首《鹊桥仙》是秦观到郴州后的第二年七夕，因思念恋人而写的。

卜算子·我住长江头

宋·李之仪

我住长江头，君住长江尾。
日日思君不见君，共饮长江水。
此水几时休，此恨何时已。
只愿君心似我心，定不负相思意。

译文

我居住在长江上游，你居住在长江下游。

日日夜夜想你却不能见你，但共同饮着长江之水。

悠悠不尽的江水什么时候枯竭，别离的苦恨什么时候消止。

只愿你的心如我的心相守不移，就不会辜负了我一番痴恋情意。

这首词，是跨时空的相思与告白，写尽万种风情李之仪出生于沧州无棣（今属山东）的书香门第，李家是宋代有名的望族。李之仪以进士身份开始仕途之旅，但由于政坛上的党争，他的官途并不显赫。

崇宁二年（1103年），他被贬至太平州，人生陷入低谷，家人亦饱受困苦。最让他痛心的是，他的子女在颠沛流离中相继夭折。更残酷的是，他的妻子也病逝了。因此，他的生活陷入更深的困境。

就在李之仪的生活陷入谷底的时候，一位名叫杨姝的歌女给他的生活带来了许多慰藉。李之仪为杨姝创作了很多词曲，她则以美妙的歌声给这些词曲赋予生命。在诗词与音乐的交融中，他们的感情也日益深厚。

此后，两人的交往频繁了起来，以书信的形式遥寄相思之情。这年的秋天，已半年未见杨姝的李之仪，在滚滚东流的长江边上，抑制不住地思念她。此刻，李之仪内心的思念就像这奔涌的长江水，于是写下了《卜算子·我住长江头》。

见到妻子年老色衰，他感伤落泪并写下这一名篇，最后一句广为传诵

蝶恋花·阅尽天涯离别苦

清·王国维

阅尽天涯离别苦，不道归来，零落花如许。
花底相看无一语，绿窗春与天俱莫。
待把相思灯下诉，一缕新欢，旧恨千千缕。
最是人间留不住，朱颜辞镜花辞树。

译文

天涯离别之苦我已经历过很多，想不到归来时，却看到百花零落的情景。

我和她在花底默默对视，一句话也说不出，绿窗下的芳春也与天时同样地迟暮了。

想要在夜阑灯下细诉别后的相思，谁料一点点重逢后的喜悦，又勾起无穷的旧恨。

在人世间最留不住的，是那在镜中一去不复返的青春和离树飘零的落花。

光绪三年（1877 年），王国维出生在浙江海宁的书香世家。他天资聪颖，七岁开始读书，十六岁就考中了秀才。王国维的父亲王乃誉是清末的书画家，他希望王国维能高中状元以光耀门楣。可王国维接触到史学等学科后想要出国留学，而不想继续在科考上浪费时间。

最终在王国维的坚持下，王乃誉同意王国维出国留学，但要他在临行前完成终身大事，就私自与莫家订了一门婚事。王国维在光绪二十一年（1895 年）结婚，光绪二十六年（1900 年）告别妻子莫氏和三个孩子去日本留学。

光绪三十年（1904 年）春，一直奔走在外的王国维回到了他的家乡海宁。他的妻子莫氏本来就体弱多病，再加上长期操持家务，这时的她面色憔悴，更显苍老。久别重逢，王国维见到妻子的模样，心中愧疚，不禁感伤落泪，写下这首千古名篇。

柒

忧国忧民

春望

唐·杜甫

国破山河在，城春草木深。
感时花溅泪，恨别鸟惊心。
烽火连三月，家书抵万金。
白头搔更短，浑欲不胜簪。

他百感交集，悲从中来，写尽忧国忧民之情，感人肺腑

译文

国家破碎但山河依旧，长安城里的草木茂密。

感伤国事，不禁涕泪四溅，鸟鸣惊心，徒增离愁别恨。

连绵的战火已经延续到现在，家书难得，一封抵得上万两黄金。

愁绪缠绕，搔头思考，白发越搔越短，简直插不了簪了。

唐朝中期以后藩镇割据，大唐分崩离析。杜甫的一生经历了一个大国从鼎盛到衰落的演变。他生活在一个充满磨难的时代，个人的失意流离和社会的动荡不安都反映在他的诗歌中。

天宝十四年（755 年）十一月，安禄山起兵叛唐。次年六月，叛军攻陷潼关，唐玄宗匆忙逃往四川。七月，太子李亨继位。

杜甫听到这一消息后，只身一人投奔唐肃宗，结果在途中不幸被叛军俘获，解送至长安。与他同行的还有另一位诗人王维。杜甫可能从未想过，他离开长安十年后，竟然会以这样的方式再次回到这个地方。

《春望》就作于至德二年（757 年）暮春，这是安史之乱的后期。杜甫目睹了长安城一片萧条零落的景象，百感交集，便写下了这首传颂千古的名作。

唐末落魄才子七十余岁才中进士，写下一首忧国忧民的诗，最后两句千古流传

己亥岁两首·其一

唐·曹松

泽国江山入战图，生民何计乐樵苏。
凭君莫话封侯事，一将功成万骨枯。

译文

富饶的水域江山都已绘入战图，百姓想要打柴割草度日而不得。

请你别再提什么封侯的事情了，一将功成要牺牲多少士卒生命！

曹松是晚唐时期的诗人，少年时因为仕途不顺，所以避战乱于洪都（今南昌）西山，然后过了近五十年的隐居生活。

直到七十余岁时，曹松才中了进士，被朝廷授校书郎。因为大半辈子都在参加科举考试，所以他不像某些人那样常处庙堂之高，而是以同情的眼光投向艰难求生的百姓。

曹松的这首诗，创作于广明元年（880年）。对于战乱中人民的苦难，他是亲眼所见的，也是亲身经历的，所以他在诗中发出的呼吁才那么真挚深切。

过华清宫绝句三首·其一

唐·杜牧

长安回望绣成堆，山顶千门次第开。
一骑红尘妃子笑，无人知是荔枝来。

杜牧的一首诗，借古讽今，总结历史，留下千古名句

译文

在长安回头远望骊山宛如一堆堆锦绣，山顶上华清宫千重门依次打开。

一骑驰来烟尘滚滚妃子欢心一笑，无人知道是南方送了荔枝鲜果来。

华清宫是开元十一年（723年）修建的行宫，唐玄宗和杨贵妃曾在那里寻欢作乐。晚年的唐玄宗昏庸腐败、荒淫无道，整天与杨贵妃吃喝玩乐，不理朝政。朝政大权便逐渐落入了一些奸臣手中，唐朝也由昌盛转入衰败。

唐玄宗对杨贵妃万般宠爱，只要是杨贵妃喜欢的或想要的，他都想方设法寻来。有一年杨贵妃过生日，唐玄宗带她到华清宫游玩，吃腻了宫中山珍海味的杨贵妃忽然想吃新鲜的荔枝。荔枝产于岭南地区，距长安城有几千里，就是从岭南采回荔枝也不新鲜了。为了博得杨贵妃的欢心，唐玄宗就下令地方传递公文的驿站，派出最好的骑手，用最快的骏马，把荔枝接力传到长安。为了这件事，不知浪费了多少钱财，累坏了多少人，跑死了多少匹马。

后来，杜牧在游览华清宫时，听说了这件事，觉得皇帝太荒唐了，为了发泄心中的不满，便写下了《过华清宫绝句三首》。

过零丁洋

宋·文天祥

辛苦遭逢起一经，干戈寥落四周星。
山河破碎风飘絮，身世浮沉雨打萍。
惶恐滩头说惶恐，零丁洋里叹零丁。
人生自古谁无死？留取丹心照汗青。

文天祥名垂千古的一首诗，可谓惊天地泣鬼神

译文

回想我早年由科举入仕历尽辛苦，如今战火消歇已熬过了四个年头。

国家危在旦夕恰如狂风中的柳絮，个人又哪堪言说似骤雨里的浮萍。

惶恐滩的惨败让我至今依然惶恐，零丁洋身陷元虏可叹我孤苦伶仃。

人生自古以来有谁能够长生不死？我要留一片爱国的丹心映照史册。

文天祥，字履善，一字宋瑞，号文山，吉州庐陵（今江西吉安）人，南宋大臣、文学家。

这首诗载于文天祥的《文山先生全集》，作于祥兴二年（1279年）正月。祥兴元年（1278年）冬，文天祥在广东海丰北五坡岭兵败被俘，自杀未遂，被解至潮阳。元军元帅张弘范将文天祥拘于零丁洋的战船中，挟文天祥围崖山。当时，宋臣张世杰、陆秀夫等固守在海中的崖山上，崖山成为南宋最后坚守的一个据点。张弘范一再逼迫文天祥写信招降张世杰等人，均被文天祥拒绝。

为了表明自己坚定不移的意志和崇高的气节，文天祥挥笔写下了这首《过零丁洋》，交给张弘范，以诗明志。

山坡羊·潼关怀古

元·张养浩

峰峦如聚，波涛如怒，山河表里潼关路。

望西都，意踌躇。

伤心秦汉经行处，宫阙万间都做了土。

兴，百姓苦；亡，百姓苦。

经六任皇帝，朝廷七聘他七拒，张养浩凭什么获元朝皇帝的青睐？

译文

山峰从西面聚集到潼关来，黄河的波涛如同发怒一般吼叫着。内接着华山、外连着黄河的就是潼关古道。

远望着西边的长安，我徘徊不定，思潮起伏。

令人伤心的是秦宫汉阙里那些走过的地方，昔日的万间宫阙如今都只剩下一片黄土。

王朝之“兴”必大兴土木，搜刮民脂民膏，百姓受苦；而王朝灭亡之际，战乱频繁，民不聊生，百姓更受苦。

张养浩，字希孟，据传他的名字来自孟子的一句话“我善养吾浩然之气”。

至元十六年（1279年），年仅十岁的张养浩因为学习过于努力而被父母劝阻少学一会，他们担心孩子的身体。就算这样，张养浩还是不愿意停下学习的脚步。为了不让父母担忧，他白天背书，晚上偷读。张养浩诗词歌赋样样精通，他的诗文在当时小有名气。

天历二年（1329年），因关中旱灾，张养浩被任命为陕西行台中丞以赈灾民。张养浩为官清廉，爱民如子，几年前已辞官隐居，决意不再涉足仕途，但听说重召他是为了赈济陕西饥民，就不顾年事已高，毅然应命。他命驾西秦过程中，亲睹人民的深重灾难，遂散尽家财，尽心尽力去救灾。《山坡羊·潼关怀古》作于此次应召往关中的途中。

捌 落魄失意

述国亡诗

五代·花蕊夫人

君王城上竖降旗，妾在深宫那得知？
十四万人齐解甲，更无一个是男儿！

有人称这是历史上骂人最狠的一首诗，痛骂了十四万士兵，却成了千古名作

译文

后蜀国的君王城楼上竟然竖起了白旗，你们哪知道我被封锁在了这冷清清的行宫里？

守卫君王的十四万人一起脱下了金闪闪的铠甲，其实这些人中没有一个是守卫国家的男子！

五代时后蜀国国君孟昶在位时是个非常懂得享乐的人。他广征蜀地美女以充后宫，妃嫔之外另有十二等级，其中最宠爱的就是花蕊夫人。

964年，宋太祖赵匡胤发兵后蜀，谁知后蜀不堪一击，孟昶只得自缚请降，成了北宋的阶下囚。花蕊夫人也成了囚徒，一同被押解进京。

赵匡胤因为倾慕花蕊夫人的才貌，特意命人将她护送到开封。对后蜀的这个绝色佳人，赵匡胤早有所闻，见了之后，才知其气质风采远胜传闻。为验证花蕊夫人的诗才，赵匡胤当场要她即兴赋诗一首，此诗便作于此。

乡思

宋·李觏

人言落日是天涯，望极天涯不见家。
已恨碧山相阻隔，碧山还被暮云遮。

译文

人们说夕阳西沉的地方就是天涯，可是我极目远望天涯，却还是看不见我的家。

本已恨极眼前的碧山，竟把故乡与我来阻隔，何况重重碧山，还被暮云层层相遮。

宋朝冷门诗人，却写出一首极动人的思乡诗，开篇即千古名句，直击人心李觏家世寒微，自称“南城小民”。他自幼聪颖好学，五岁知声律、习字书，十岁通诗文，二十岁以后文章渐享盛名，但科举一再受挫，仕途渺茫。受了几次打击之后，他逐渐打消了仕进之意。

这首诗作于庆历元年（1041年）后，当时他应旨召试，赴长安，但科考落第，让他心灰意冷，于是奋笔写下《乡思》。

庆历三年（1043年），李觏创建盱江书院。同年他受郡守之请主学事，课业授徒，慕名求学者常有数百人，其“为盱江一时儒宗”，人称“盱江先生”。

李觏经范仲淹、余靖等人多次举荐，乃授为太学助教，历任太学说书、海门主簿、太学直讲等职。嘉祐四年（1059年），李觏任权同管勾太学，以迁葬祖母，请假回乡，八月病逝于家，享年五十一岁，葬于凤凰山麓。

虞美人·春花秋月何时了

五代十国·李煜

春花秋月何时了？往事知多少。
小楼昨夜又东风，故国不堪回首月明中。
雕栏玉砌应犹在，只是朱颜改。
问君能有几多愁？恰似一江春水向东流。

译文

美好时光什么时候才能了结？往事还知道有多少。

昨夜小楼上又吹来了春风，在这皓月当空的夜晚，怎承受得了回忆故国的伤痛。

精雕细刻的栏杆、玉石砌成的台阶应该还在，只是所怀念的人已衰老。

要问我心中有多少哀愁？就像这不尽的滔滔春水滚滚东流。

南唐最后一任皇帝在诗词里结束自己的一生，令人唏嘘开宝八年（975年），五代十国中的南唐灭亡，南唐国主李煜降宋，沦为阶下囚。宋太祖赵匡胤恼恨他有过反抗，封他为违命侯，以示惩戒。自此，李煜与旧臣、后妃难得相见，行动和言论没有自由，还得去给宋太祖行礼问安，饱受羞辱。每一个夜晚他都辗转反侧，昔日的帝王身份和如今亡国奴的遭遇让他撕心裂肺。他悔恨曾经没有奋力抵抗宋军而轻易投降，怀念昔日纸醉金迷的帝王生活，思念故国旧臣。

太平兴国三年（978年），他生日的那个夜晚，多饮了几杯酒后，百感交集，写下了这首千古名词《虞美人·春花秋月何时了》。据说李煜的这首词触及了宋太宗赵光义的敏感神经，后被宋太宗用毒酒赐死。这首词也是李煜的绝命词。

声声慢·寻寻觅觅

宋·李清照

寻寻觅觅，冷冷清清，凄凄惨惨戚戚。
乍暖还寒时候，最难将息。
三杯两盏淡酒，怎敌他、晚来风急？
雁过也，正伤心，却是旧时相识。

满地黄花堆积。憔悴损，如今有谁堪摘？
守着窗儿，独自怎生得黑？
梧桐更兼细雨，到黄昏、点点滴滴。
这次第，怎一个愁字了得！

穿过千年岁月，解读千古第一才女李清照的这首词，写尽孤独与凄凉

译文

苦苦地寻寻觅觅，眼前冷冷清清的一切令我更忧伤。

此刻秋天正是忽冷忽热的时候，丝丝寒意，最难调养生息。

清晨喝了两三杯薄酒，又怎么能够抵御这寒冷的秋风呢？

伤心望着天边，但见又一群大雁飞过，隐约觉得那身影和叫声如此相熟，那是去年也曾飞过的老相识。

菊花凋零落满了地面，残花堆积枯黄憔悴，如今还有谁能够忍心摘它？

我独自守在窗户前想着心事，怎样才能挨到夜深时分。

暮色黄昏，又落起雨来，窗外的梧桐树被淅淅沥沥的雨打湿，一点一滴的声音令我心碎。

面对此情此景，心境更加凄凉，又怎么能用一个愁字概括得了？

说起李清照，古往今来有人说她天赋异禀，也有人感叹她不忠晚节。她本是柔弱痴情的女子，爱世间一切的美好，可谁能想到她的一生充满了跌宕起伏，写满了爱恨情仇。李清照所作的词，前期多写悠闲生活，后期悲叹身世。

靖康二年（1127年），北宋亡国。当年三月，李清照的婆婆亡故，丈夫赵明诚南下金陵料理母亲的后事。

因为夫妻二人特别喜欢收藏金石、图书，在他们青州老家有十多间房子用来储存他们的藏品。

当年八月，李清照选了又选，带着十五车书画，前去和赵明诚会合。

两年后，赵明诚因病去世，当时李清照四十六岁。她“中年丧夫”、膝下又无一儿半女，内心的凄凉可想而知。

此时，金兵入侵，李清照安葬丈夫之后，由南京流亡到浙东，在避难的路上，饱尝颠沛流离之苦。最令人伤心的是，她所有喜爱的书画在途中丧失殆尽。

在秋雨霏霏中，亡国之恨、丧夫之痛、寡居之苦凝聚心头，于是，李清照写了这首《声声慢·寻寻觅觅》。